新福爾摩沙組詩

周慶華 著

目次

序一：閱讀他的存在　黃筱慧　009
序二：點無心起落花　蔡瑞霖／冷空一抹游牧單子
——深讀周慶華的詩《新福爾摩沙組詩》　011
序三：狂想無疆界，辛甜心景味　簡齊儒　045

漫步後就會發現　059
電腦算命　059
手機　061
美食　059
海　062
錢櫃了　060
月亮　062
港都　060
西部的海岸　063
一〇一大樓　061
都蘭山　064

新 福爾摩沙組詩

邊地發聲 065
臺東的濕人 065
夢 067
鯉魚山下 068
相遇東海岸 069
用無聲寫歷史 072
愛 074
看二二八自傳 076
觀光客 083

數當今風雲 087
經濟熱不熱 087
政治秀 089
臺灣小品牌 092
新移民的天堂 097
靈動 100
暗夜的哭聲 105
追星一族 107
吃相 110
緝捕電子新貴 111
大師你噤聲 114
燈亮了 116

童顏 121

也是夢 121
你所禁止的事 123
神秘寶盒 125
為誰哭泣了 127
長大後 129
不許沒有志願 132
只是玩一下 135
微世界 138
看我 141
到屋頂放風箏 143
零乘以零 145
續夢 147

教授羣像 151

變形蟲 151
酷 151
三看先生 152
騎牆派 152
沒有底牌可以掀 153
候鳥 153
作官的 154
八風吹不動 154
叫獸 155
你可以愚蠢 155
北極熊 156
企鵝 156
沒說到重點 157

新 福爾摩沙組詩

一種可以商量的競爭力 159

永不打烊 159
留氣 160
縮結一個圓 161
不動心 163
佛 164
神仙術 165
太極 167
坐禪坐 168
道 169
格幾個物 171

晚涼了 173

意象 173
隱喻的好處 174
小象徵 174
餓 175
拆解自由 176
樂透 177
我背你一生 178
崇高 178
美 179
數魔幻 180
這邊借靠一下 181
賭注 181
假英雄 182
動呀 183
一陣風吹過 184

尋找新位置　185

偉大的母親　185
我不是仙人掌　188
鏈結　191
一場辯論　193
環島狂想曲　196
一羣麻雀失落了一片稻田　198
我就是那棵樹　200

後記：一切都跟詩有關　203

序一 閱讀他的存在

黃筱慧

為一位結識多年的論學的同好寫他的詩集的序是一件艱鉅的工作。

一部名為《新福爾摩沙組詩》的作品現正放置在案頭，應該如何才可跳出原本的模樣給一個新的序？

由漫步到發現；

由地理的東到地理的此地；

由當今到風雲；

讀的書太多之後我們會不會看不見童顏？會。

我會問：什麼力量是不可以商量的？這是一部呈現存在的詩集。因為讀起來有點存在的樣子。一部紀錄作者的總總的存在樣子的作品。寫本身就是他的存在。這其中有幾句讀時特別有所感：「存在感召了權力意志／文化理想偕美女去包辦一切」。

一切都沒有標點，這是一部可供讀者自由地讀的作品。一部用寫與讀開顯存在的活動的有結構的存在證明，但此表現的是：不需證成其他物，寫詩的本身與讀詩的當下，人們完成著所有的存在。我們透過這個文本的世界向他者開放，透過讀與悟，將作者與作品連在一起，將我們自己一起連過去。

請在這個序中，將現在的你亦連過去，保證大家都會有一個平臺的走動可能性，每個人都可以在作者的悟讀與寫之中，體會自己這一片讀與再敘。我們在再敘的序中，體會存在與互動。

感謝周慶華，給了世界這一種可供以寫的氛圍，讀出詩意的詩集。我連接到了一種可供書寫的心情，閱讀詩集中的他的存在。

序二

點無心起落花

——深讀周慶華的詩《新福爾摩沙組詩》

蔡瑞霖／冷空一抹游牧單子

一、點無心

詩是逃逸的自由。讀詩，是因為詩寫就了聲音與意符之交媾生成的迷宮。出入迷宮，緣於人帶著無從棄絕的自個身體。無從想像，詩若離棄了身體還能剩餘些什麼！

起初，詩人先用身體寫詩，然後才將它書寫下來。詩人身體裏，有一條活躍跳動的生命中軸線，其上有活點噴湧，盎然舞動著活靈活現的魂。那叫做極小無內、無從解析的單子嗎？單子本性是游牧的，像〈港都〉裏的一段「夜雨被悲意洗出了滲灰的天空／你的流浪有泥

新 福爾摩沙組詩

土的味道」，此活點從不靜止死沉，泥土被詩人黏著起來，聞在鼻息裏感受著。到處都是泥土，飄浮四處，就算是「亙古野居的律則」寫入到〈臺東的濕人〉中，也是濕漉詩漉的、離散逃逸的本性：

寫山寫水寫街道的冷清
然後遁逃變成一個噴霧的傳說
碑碣的歷史很短暫
詩了就會開出寂寞的步道

步道有詩人踱步、旅人邁步，就當寂寞也是書寫時獨有的、傳說的寂寞。若果這空蕩蕩的場域有單子們遭遇，遊戲儀式並不宜繁瑣，其碑文碣字只能〈零乘以零〉，因為「滿樹蟬聲和你想要的／蟬聲滿樹／就是零乘以零的結果」。詩人說那是同時候的「兩個夏天」，好似一下子成對地相互歸零的遊戲而已。詩人有玩興，截取兩段詩句

〈只是玩一下〉和〈到屋頂放風箏〉為證：

拴不住的風
穿過低嗄的教室和垂死的板櫈
童年給你裁成這樣
一段一場考試
我的心要飛

又：

放大天空靠一條線和一隻禿鷹
黑暗會了解那心情
潺潺地
像溪流奔競後的興奮回聲

放掉風箏
把記憶留下屋頂我們帶走

「我的心要飛」是因為「拴不住的風」破題太率真，而且也率真隨性到「放掉風箏」。尤其是「屋頂我們帶走」是緊接著「把記憶留下屋頂」而縮句重疊著屋頂的，象徵了凡情俗愛之最終的家屋。這的確藏匿了愛情的囈言囈語，慶華兄在屋頂上看出「游牧與棲息」之一體不可離異之特性，亦興許了詩中愛情之極度閱讀的想像。恆久開張的真情店東，掛上看板〈永不打烊〉，讓扛鋤頭的詩人哼唱著：「泥土裏有文字鮮濃的焦味／可以用來種植」，甚至焦味也是竄入地表下的塊莖生物之產物，默默蓄養著〈留氣〉，以「地脈鑿出的一條溝／……／地層流動的是你我美化過的劫數」來表彰「純情自性」之無怨無悔。那麼，優美的、悽美的和絕美的，都係為〈我背你一生〉：

串住了
雲和山的飛翔
朵朵鴿灰的神轎
隨風飄落
在夢中升起

慶華兄棲居的臺東，那山海樹月雲，還有鴿子及神轎之比喻，俱歷歷在目。很吸引人的情性風華地，天地無主閒人做主，隨自然造化而順性飛舞的詩中愛情，確實是〈不動心〉了，既然「愛很容易過期／換一帖逍遙的藥」便是對的。這在〈相遇東海岸〉的剩餘情節中更是如此，詩中愛情說到底也只是一片無心而已。

如果我們以上描述的是確切的，那麼，詩之活著即是「點之無心」。詩自身之生成，其實是詩人於身體中軸線上遊走的活點湧現，即此活點能時時處在無心之隨性表現。這樣，詩人可以引領讀者返回童年，潛逃於夢的境地。〈也是夢〉說了一段詭譎而情結難辨的潛意識描繪：

陌生人給的糖
沒有蒺藜的味道
毒偷偷藏在你的嘴巴裏
不要喊出來
驚嚇到我的童年
……
繼續纏綿
這無聊的日子陰慘的風
給我一顆陀螺

「蒺藜」是藥用的草本植物，據云有「平肝散風、勝濕行血、益精明目、調經催乳」的作用，詩人有意無意地以調理讀者的生理年齡，來誘發出潛伏的情結。同樣在〈續夢〉裏，詩人給讀者以同體通用的童年記憶來催熟年齡，直接延伸到成長後的濕黏愛情；詩是這樣的：

陀螺轉過了
惡夢還沒有得到自由
玩偶失去了長大的權利後
暴力開始擁抱腥味
在你查禁的每一個缺口
我們的世界
有過期的迴路
會神秘哭泣

過期迴路、查禁缺口、擁抱腥味、玩偶長大，這些倒敘來讀的連續環節想必也曾經付出過代價，都緣於「……陰慘的風／給我一顆陀螺」（無聊的日子陰慘的風也是縮句重疊在「陰慘」上）。無論書寫點，還是閱讀點，皆出於無心之處；也就是說，當面對「我們的世界／有過期的迴路／會神秘哭泣」這樣的句段時，我們自身存有的詩路已經默默地混涎開了。

二、詩路混涎

詩路是詩之集體官能共構的行跡。詩人書寫詩句之際的游牧，總是偕同以匿名的讀者而游牧；讀者閱讀之棲息於詩句中，也往往偕同以慕儀的詩人而棲息。反之亦然，彼此互為游牧的單子，盡性漂移在詩路混涎的神遊中。我們能不混涎（in salivation）嗎？以慶華兄的詩句片段為例，〈小象徵〉下筆簡肅而真切：「玫瑰爬上牡丹的枝頭／要種一支刺」，若我們不從腦際裏伸出一株長刺的花精玫瑰，想像它延伸的觸角是黏緊牡丹的枝梗來上升的，就不能完成這起碼有女性忌妒心理毒素在其內的美麗奪取之情節演出。緊迫地說，我們需要混涎要摻合著口水、淚水、汗水、體液、血液、肝膽汁液、腋露、珠露和津露等，要出自深層生命的汩汩流溢之現象，來奪取詩句意蘊不可。

再引詩一段〈不許沒有志願〉來析解：

遙想你五十歲的樣子
行走有風或是站成一尊雕像
七十歲的熟度不准歸零
哀悼青春沒你的份
往前九十歲還在等著
破百了封箱

這以童年為回返起點而朝向遙遠未來所書寫的人生歷程，不都是當下五十？詩人的自況。詩路在集體官能共構的行跡中，永遠是當下混涎的現象給出，乃即時的胃口反芻，或說就是「詩人的自瀆本能」。寫詩怎會是自瀆？詩人的即時年華，貼合著過往與未來之回憶及想像，是在自瀆過程中冒現、流溢和噴湧的，這不能不期望於有所救贖或自我之贖回。詩句「破百了封箱」的，是悲涼或欣喜？是世界或自我？抑是軀體或詩集？詩人並不明說，但讀者一作混涎體會，即當可解。

這樣說來，混涎之路是詩人得以獲得自由的逃逸路徑。當中有成組的符號遊戲作為路標。〈愛〉便是如此，讀寫人一遇上「意符→意指」以及「意符→意符」都將陷落到無窮後退的「驚怖恐懼」之境地中，方能猛然覺醒，惹得一身創傷。怎麼會這樣？還不是為了「追蹤意符」直到「意指死了」。書面的文字塗抹尚且如此，更不用說「人機拼裝」的網路科技世界之咄咄敲打了。有詩為證〈愛〉：

解構不了愛的
都留到臺東玩一場語言遊戲

追蹤意符
就像捕捉情人飄忽的眼神
有點吃緊

又〈大師你噤聲〉：

後現代虛無的意符
飄進了城市
在網路中滋長
逢人都會急問一聲
意指死了嗎

新

福爾摩沙組詩

靜默存在著的「意符／意指」是被冷落在游牧者四周的，但一旦被「點之無心」用上了，就一躍而成為「能指／所指」了。看倌！signifier（意符）是形而上的愛情，純粹至性者自身；signifiing（能指）既經發動了，顯現為動情者的主體樣貌，就把那愛情給具體地signified（意有所指）了。本來，意指就是所指，是世界本然，也是性情自身；關鍵在於那生起詩興的游牧者，其看待世界與性情之方式，究竟是自適遺忘而成為僅僅是意符，抑或是要無端惹事端而自覺發動為能指。同那首詩〈大師你噤聲〉的後段，恰好點出了這個符號學的詩性結構來，隱隱透露出循環遮撥的旨趣在其中：

一座紀念碑矗立著一段斑駁的歷史
前來瞻仰的老人背對夕陽
遮住剛鐫上去的名字
筆畫隱隱然有失聲的宣言

它知道憑弔自我不必孵餘的勇氣

這樣的詩路混涎之勁道，已經從身體官能及意識覺知出發，巧妙進入到語言結構當中去了。對於詩人來說，那詩路之所以混涎而書寫與閱讀，正是生命之言說不盡的傾離曼（clinamen）。無可迴避的傾離偏向，在用字遣詞上顯得多麼需要返身懺悔和即時抉擇的勇氣——也就是說，詩人必須自瀆而後能自讀。

三、自瀆而後能自讀

直言之，如果寫詩是一種自我救贖的行為，那麼詩裏頭的懺悔心理，應當是有跡可尋的。詩人是自己作品的第一序讀者，也是唯一能自瀆作品的毀詩者。對於詩的此種「自讀」亦即「自瀆」的自我救贖行為，確實可以稱之為詩的混涎現象。

詩之自瀆的一種情形是「條狀拉長」，〈經濟熱不熱〉之「空氣中還在迴盪著今年政府舉債超過三兆八千七百億的讚美聲」用了二十七個字十一個詞而寫得一句。但是「空氣中還在迴盪著～的讚美聲」是有詩味，所以填入什麼幫滂並明皆可以讀成為詩——當代詩。偏偏慶華兄有那麼個政治準確之玩興，所以把它給條狀拉長了。同樣的長條詩句也見於書中各處，就不意指了。幸好，拉成長條狀的句子自有節拍及韻律存在，讀來豆豆叩叩。這就觸及詩之自瀆的另一種情形「碎片重複」。詩人重復節拍得不可思議，讀者耳際和腦皮層裏盡是「達得答的達」的搖晃自慰聲。不信念念有詞練習一下下這段Dadida Didada Dadada Didida Dadada-dadadi Dida的聲音節拍，再去試試慶華兄詩句片段之碎段化。〈看二二八自傳〉確實只能目視，無法卒讀那「一九四七」的重覆六十三遍，如果你耐心又慈悲，還有慧眼兼具。準此，〈佛〉有相互消遣的「否否」與「不不不」之遺句遊戲，真有個禪味在。至於〈餓〉就慘了，一樣是「的」的「的」，的個不完。當然，〈一陣風吹過〉是個方陣，行伍列陣化的自瀆習性讓兵書撰述者也應樂為詩人。無妨，眼前即「字俑」循序出列：

五行
五五行
五五行行五五
行五
行行五

旁邊是以金木水土火之兵術來統御方陣的行五長，陰陽自瀆，對偶極了。信不信，還可以巡狩打獵在〈鏈結〉中：

……
網網路路

路路網
一隻老鼠　在
網路
追一隻兔子
路路路
網網
吐出白色的箭
……

不管條狀拉長、碎片重覆或行伍列陣，當代詩的自瀆現象在聲音影像上都已儼儼成習，其自瀆成為自讀之安慰，混涎及救贖在詩路開闊當中交織為一，總是自然之事。除了表面音像之外，詩人內心意象不都有自瀆現象，這就如Roland Barthes說的快感閹割或某種文本愉悅嗎？興許讀者心中已經生起這個問題。還是以慶華兄的詩句來揭露此事為妙，〈一〇一大樓〉的一段即說：「打過褶的陽具／上面有微雕的雄風／洋人不來膜拜／我們自己把它寫進歷史」。雄踞大臺北盆地的摩天大樓，不擬象為爆米花空紙杯之套串成方柱，而直說為「打過褶的陽具」，使人連帶想起Page One書癡書精在內的旁邊凸出鼓形建物，的確是一整套陽具。甚至，也只有皮龍在天，才能縱情俯瞰大都會。正經來說，〈觀光客〉「島就不必傾斜／……／這裏的雲不觀光」對照到臺北陽具之天光乍然，就顯得陰柔溫馴得多了。

最嘲諷的自瀆是「教授羣像」，畢竟詩人自己站上講壇已卅年有了，這些傻樣窘態遇多了，的確說得出一大羣領牌歸隊的教授們，連「學問有一碗公／是透明的」（〈沒有底牌可以掀〉）、「孤傲寫在臀部上」（〈北極熊〉）、「一二三跳」（〈企鵝〉），還有「我比你對你自己還了解」（〈沒說到重點〉）等等，在當今大學教室裏隨處皆有吧。詩興流竄到以孤高自視的知識分子族羣身上，這反諷算是骨勁與樂趣俱足了。相對地，〈賭注〉之「噴火的女郎／就是誘惑不了高貴的貧窮」用來「煮字療飢」，卻又酸辣了點。

詩人自讀其詩，或說詩之自讀於詩人，就是透過所有可能的自瀆趣味而讀來的。詩，真個是自我催生的混涎物。〈太極〉的那段詩，還把古代哲學的宇宙次序給顛覆了，狠狠戲弄了我們對於《老子》「道生一，一生二，二生三，三生萬物」文本最固著的愛戀習氣，於是顛鸞倒鳳的「詩性懲罰」解構了理性邏輯，那霹靂在一瞬之間誕生：

> 媾精就會增加嘆息的重量
> 回到子宮
> 三生二
> 二又接著生一
> 盤古女媧都退還神話

Womb與Tomb都結穴於Bomb的神話，其碎屑還能拼湊出柏拉圖的洞穴說。這值得詩人與讀者立志，以各自身體重量去重估一切詩的神話重量。那麼，我們就好好來破壞文本吧。避穀、食氣、煉內丹，以及謝絕呼吸，都是工夫，〈神仙術〉即有此說。唔嗚一悟！如「心不罣壁，壁不罣心」的千百來歲禪師，照念著天荒地老的〈坐禪坐〉詩句「意念和屁股一起黏在地上」時，也不想茅坑一樣。這無非也不曾不是〈道〉，因為我們知道，甚至也忘道：作者、劇本、情節、角色、導演、讀者、觀眾和剪票員，都是同一個創造模版鑄來的，各有優美的瑕疵；而「祂創造世界嫌不過癮／還來引誘我們獻身」。改個話說，「詩人寫不過癮，還引誘讀者焚身」，煞似也有道理。依此，我們〈格幾個物〉皆無妨，得幾次熱病也不壞。詩云：

自從陽明格竹子害到熱病
天下的醫師就不許吊銷執照
……

新
福爾摩沙組詩

良知隔了聽診器
有沙沙的聲音
……
我們得返鄉再生一次熱病
然後追逐風

在海島讀中國哲學實在鹹味，尤其蹲踞在臺東焚風坡邊的慶華兄，不有形而上的季節熱風來沙沙哆唆一番，是不能盡性的。要歪讀斜解古人書，最好是五十歲以後，甚至七十後，可寫詩就沒這顧忌了。情節啊，太情節！然而，情節偏偏是詩的剩餘才最真，不信再讀這段〈我不是仙人掌〉：

明明是
你卻說不是

我一株剛剛娉婷過的仙人掌
……
社會隱藏在詩政治裏面
審美沒說可以脫序
……
一個意外的結局
等你命名

我不是仙人掌，怎樣也不是，可〈我就是那棵樹〉！「這裏有一棵樹／說話的人掀開底牌洩漏了驚喜／一張紙寫上它隱匿的秘密／白底藍字的／我就是那棵樹」，書底一段結局式的宣告，可仍要等讀者來命名。解籤者說，華字不開花，怎麼看都不像不是仙人掌。總之，這個小小的我（i），即是混涎與救贖的交換起落之處，無心之花。說到底，詩人們原是以一個自瀆介入的小小我「-i-」而延異了贖回

（salvation），這也因此形成了無可免的混涎（sal-i-vation）現象來自讀其詩。何以如此?剩餘情節（surplus plots）之故。

四、剩餘情節是流動的敘事

造物哀傷，因為註定會不完美。詩人哀其傷，故以詩來志之。依此，詩及詩人的入世是「混涎」，其出世即自身之「贖回」。詩之書寫和閱讀是受造者之必須經歷的美麗輪迴事件，而哀傷讓所有事件之美麗最終都能轉世。然後，所有詩人的自我贖回之夢境演出，那自瀆而後自讀的業力感應便得永世前進，詩性久住。縱使，這前現代情節在數位化與人機拼裝的後現代流動敘事中「當下發生為未來的過去事件」，但哀傷本身穿戴著歡樂。所以，這劇本也當有個陀羅尼咒被傳誦，此無它，我只能虛擬地說此，即：

嗡！詩之，詩之，普世持詩，薩婆訶。

慶華兄的詩，不論長、短或極短詩總帶有情節，以活點呼吸著脈動，天生是敘事的。在〈拆解自由〉展開的一幕，「一排宮燈／／閒雜人等靠邊走／御道會跑出橡膠輪子／碾著死屍去告狀／／又一排宮燈」就有個標緻房車滑過的場景，端在那兒讓讀者負負氣噓。當然，情節是誘惑角色現身的把戲，詩人與詩中佳人之〈相遇東海岸〉恰是個美麗的天地愁悵。經過那刻意爬升上來又落下去的一弧拱橋的排字階梯，緊接著一把揪住讀者的心一齊掉落到蠟樣灰地去。因為拱橋的緣故，這詩也是唯一貼地而齊跟寫起的，懸掛不上天際心絃。請讀其片段：

遺憾寫在開滿百合的崖壁
　　　　藍色的珊瑚

藏著前世灰濛的夢
回望這岸
心像波濤在空降
我沒有
沒有
有

有海誓山盟嘔？天地即使有，也等於沒有，祂沒有。自然本身不煩惱詩人的事。所以，剩餘情節是純然人間的俗事，詩人含蓄地回應了一樁諾言，〈一羣麻雀失落了一片稻田〉是交互悸動的文本殘骸，「誰知道守護一串金黃到終老／還會是我們最初的悸動／……／山和蟬噪及記憶中伴眠的嘓嘓聲／就留給你召喚那是餘額的溫暖」，有不忍心的情節。這樣看來，書後段那幾首不很短的詩就有跡有韻了，熱鬧得很。〈一場辯論〉是一場溫馨的哲學專題研讀會之詩化紀錄，我也在場。康德哲學的理性國度，與東方靈異世界穿越過時空來對話，因此而有「南亞大海嘯吞噬雙子星現身的魔鬼／補出九二一綿延的愴痛／哲學癱軟了忘記前去搶救／留給靈異學在黯然神傷／……／沒人性的三大批判給神／我們可以擁抱他的後現代／在蕭條過後的心情裏／完成一篇題贈鹿鳴宴的落雨」。末後幾句，是研讀會後大夥一起到臺大校園鹿鳴宴餐廳用餐時的餘緒。慶華兄邀我一塊兒合寫了一首詩題名〈落雨〉助興，當時是寫在撕開的鋪餐桌紙邊角上，如今大概不見了。不過，記憶仍很新鮮，圓桌上大夥朋友談議學問，聊興很高。不管如何，這印證了詩之混涎其實是形而上的「詩人之血」，讓單子在記憶的流域裏四處棲息和游牧。

五、詩人之血

混涎一語，因為帶有著「瀆回觀念之延異的親屬嫌疑」而自身顯現（the word salivation appears itself as 'a differant suspicion of relatives of the conception salvation'）的意思，也就帶有親代之謀殺劇情的懸疑氛圍，詩紀錄了事件之剩餘情節，但沒有顯明而立即的證據遺留下來。到底誰殺死了詩人輪迴之最終贖回觀念？不得而知。然而，詩人總是用混涎的自瀆方式延異了「祂」，現場留／流下了「詩人之血」（血液，以及詩人之食物、詩人之土壤）的痕跡。我們從三個腳本的札記般之詩句，嗅出此義：

首先，「地瓜」延異了詩人之血。「福爾摩沙→臺灣」而「臺灣→地瓜」，所以在〈環島狂想曲〉裏「畫一筆／圈出你要的新地瓜」，就標誌出詩集「新福爾摩沙」書名。意指沒有死，而且還更是個〈新移民的天堂〉，似將能緜延不絕下去：

不然也有同文同種同癖好的關係在修補歷史的斷裂
只要這條地瓜能夠養活一個世代的貧乏

……

那一天嗅著漂浮的微粒會想不起冷漠的故事裏有誰的身影

既然意指尚活著，那麼〈臺灣小品牌〉就琳瑯滿目起來了。「證嚴建仔楊麗花張惠妹／……／蝴蝶蘭臺灣鯛螢光魚蓮霧芒果／……」，成串的「聳擱有力」的審美元素始終存在，而且是世界頂級的素樸和本色真實。然而，詩人自心底皺褶般憂傷起來，這趟混涎尚要延異多久？

攤開地圖
世界哲學史缺席
諾貝爾文學獎再等一百年
音樂繪畫建築雕塑看老祖宗還傳了什麼
文化創意產業只剩娛樂觀光和代工
哦　美麗的福爾摩沙

其次，「祖靈」延異了詩人之血，而且是母性的海洋。本來，詩自身的神話無從解構，也無所謂解構之問題，因為它不是什麼理性或知性的邏輯建構，而只是單子一路混涎下來之「自瀆／自讀／自贖」的游牧行跡和逃逸路徑。這勉強藉由族羣集體官能之共構而采得之詩自身的神話，進一步演化衍生為口耳聲音文字的詩，俱已經混涎久矣。簡言之，洪荒古老如神話般的記憶，是詩自身之無始無明的基因密碼。如〈都蘭山〉這一首和〈用無聲寫歷史〉另一首詩的片段：

最早一位祖靈封的
典當給海洋
東北季風要來作客
遠方兩座島嶼用飛魚和囚徒招待
她腥了
還得再爬高一點

又：

南風鼓盪著海水
強迫它記起舢舨曾經有過的冒險
六個族羣揮了揮手
故事都爭先回到生長的地方安睡
考古人來挖到骸骨後就走了
墓葬羣裏的舞踊自己跑去尋找典藏
永遠不再參與集結

這些是臺北客看不到，或看到也別頭離去的剩餘情節，是〈偉大的母親〉說的「泰雅延遲百年瘖啞的阿嬷／……／你的兒已經跟著祖靈尋找麋鹿去了」，臺上臺下都是有角色扮演的人，但是這個臺子是什麼角色？母親，海洋母親。

還有，人機拼裝的「網路」也弔詭地延異了詩人之血。其實，賽博空間是很好的焚詩場所，不論嘆詠、諷刺、自娛或自嘲。詩人以〈微世界〉來調侃：

文字不必用心去摩挲
1和0兩個位元很爭氣
你要哭要笑要皮鞭都給你
箭頭跑到那裏世界就跟到那裏
書寫從此愛上廉價的貴族
跩不起來

縱橫網路之人機拼裝的電子新貴們，如〈看我〉所照現的「一張被資訊分裂的臉／有你要的寒霜／時間在門外升溫」。他們歡樂的代價是被地球超大網路神經，「數位利維坦巨獸」（digital

Leviathan）所搜獵〈緝捕電子新貴〉，這讓他們更難以從虛擬混涎中自我贖回。

在網路聞不到氣味的盡處
開機關機就像永遠欠缺共享的密碼
藏著你們灰色的陰謀
正要從冰冷的螢幕裏掠奪一隻不再奔跑的豹

詩人是文字駕御的虎豹，書寫之龍，閱讀之鷹，可在螢幕裏都虛擬了。詩後段云「詩人和語言的激動相遇那天／桌面跳出彩染的歷史書寫機體的輝煌／然後赧懶的興感消失了／據說他都在忙著算計你們無法一次拆裝的程式」，電子新貴其實是詩的新貧。

六、起落花

自來，傳統美學都是將「美」（beauty）與「崇高」（sublime）這兩個審美價值範疇，併在一起對照著說的；換另一個講法，此即含蓄內斂的「秀美」和擴張外揚的「壯美」。慶華兄用詩句來描寫兩者，很有情節和意境。標題相符，而且讀來像舞臺哲學劇最上選的旁白，「冷峻從一陣涼颼後／聳然飆起千層滾動的浪／靈魂在尖端掠過／狂笑起那不會搜括鹹腥的／風剛要落跑」是〈崇高〉；而「不用裝飾一斤／粉末裏有／蹀躞／姿影可以曼妙點／歇息小賭」則是〈美〉。混涎自瀆極了，這兩首詩成對托出，誰曰不宜！

生命的活點僅是默默噴湧它自身用來與世界混涎的倫理力，它無心，因此處處有詩，它來自身體中軸線之永恆的內在游牧。恰恰是〈你所禁止的事〉明示的：「不許碰／一個會說話的玩偶」，才真正是以「互為游牧性」（inter-nomadicity）彼此真誠對待的羣聚的單子，而這也或許已被悄悄告誡著：「一個想自贖的單子，不准逃」。從來，詩就是點無心起落花，這說不定正是〈神秘寶盒〉裏的古老題籤。詩這樣說：

畫張古一點的藏寶圖
躲進裏頭
有炎黃的滋味
最後不必出來謝幕
外面的世界包著相同的迴路

二〇〇九除夕前十天寫於西仔灣

序三

狂想無疆界，辛甜心景味

簡齊儒

福爾摩沙（Formosa）之名遍布全世界五大州，不論是阿根廷、巴西、秘魯、美國、葡萄牙、阿根廷，世界各地被地理航海大發現，那美麗的驚嘆，同時都被過去的帝國探險歷史所消費著，在西方主義的凝視之下，陌生的國度，產生了魔幻的地景想像。臺灣這蕞爾小島，在歷來的帝國觀看眼簾內，不論是葡萄牙人、西班牙人、荷蘭人、明鄭、大清、日本、甚至國民政府，福爾摩沙的身影，在各種奢華目的與需求滿足下，逐一被炮製與描繪，形成了繽紛臺灣的文學風景。

站在風景之外看風景的異鄉人，臺灣成為恐怖瘴地、伊甸樂土、樟林淘金、政治角力……東方學式的認知圖像。而釀在風景之內的蘭陽人——周慶華老師，卻以道地的文人豪俠之氣，矗置景象的潛層，替學者、新移民、兒童、自己，省思出一個新穎卻也腐舊的熟悉福爾摩沙。不論是生活面向的樂透追星、資訊經濟、文化觀光，記憶回想的微型童顏、邊地後山，亦或是權力場域的囂張學術、政治黨派、流離信仰……等，正因周老師以十足的話題，用離經叛道卻鞭辟入裏的細膩哲理，拼貼成為後現代的臺灣社會詩學圖景。這個奇幻有趣的島國，突然更加美麗壯大，也更加猥瑣頹廢，成為一島泱泱傳奇。二○○八年的福爾摩沙，因周慶華的豪膽組詩，而徘徊娟甜、無比新潮、異常辛辣。

《新福爾摩沙組詩》是周慶華老師在臺東完成的第七本詩集，「七」是循環與創造的再開始，周老師用週而復始、馬不停蹄的無數個星期的飽滿生命，耕耘三十餘本的學術著作。除了彰顯嚴謹厚實的博覽學養，他橫渡文學的海澤，晾出驚人的深邃創作詩集；更用醒覺的語調，以敏捷的感官，咀嚼臺灣社會的萬象景味，再現出令人嘖嘖稱奇的心靈經驗與意醞詩境。閱讀周慶華老師的詩集，是一種無與倫比的奢侈幸福，他堆疊情感、構造靈思、折返動念，每一句都讓人流連耽溺、每一字皆兀自暗藏玄機，每一首咸引人入勝，繞樑玄思良久。

一、抽離辯證的妙悟哲思

哲理的沁入，是周老師昔見的詩作特色，在幽微《新福爾摩沙組詩》內，〈月亮〉正是「跳出井底看青蛙／嚇出一身森冷的寒光／地上還有半個不會膨脹的圓／正癡癡的仰望」，這首近乎埋藏謎底的擬物詩，擬仿日本松尾芭蕉（一六四四～一六九四）俳句〈古池〉「寂寞古池塘／青蛙躍入水中央／噗通一聲響」。芭蕉禪意盎然地在闃無聲響的幽深古池裏，投入令人驚呼的青蛙躍水聲，漾起頓悟般靈動的機趣。無獨有偶，中國的張九成（一〇九二～一一五九）在更早的南宋時空，書寫了「春天月夜一聲蛙，撞破乾坤共一家。」偈詩（《五燈會元》卷二十）同樣在禪宗的脈絡裏，張九成利用渾然天成的方式，把春天月夜與蛙鳴，都給熱鬧地物我合一。

在禪意的系統之下，周老師在〈月夜〉裏將敘述的主題，從噪靜的古池，轉成了對映的上下兩枚月亮，他客觀地跳出了芭蕉俳句的池水主體，讓天上的月亮力求突破設限的視野，從被投影於古井之內的月影挪移開來，以超然方式凝視井底之蛙，用「嚇出一身森冷的寒光」取代嘎然乍現的頓悟，機靈活現地凸顯月亮受驚嚇的情緒，把月亮之寒光的幽靜清冷特質逼現出來。月亮才發覺地上那顆不完整「不會膨脹」的殘缺半月，並不等同於自身，而且半月還癡癡企慕那個掛在天空的正身圓月，敏銳地辨析物我分離的認同，拆解了松尾芭蕉與張九成所塑造的協調性，疏離真我、他我之差異，深具佛學素養的周老師，繞過池水的關照，透過月亮的醒覺，讓詩作盈漫了主客體互攝互別的辯證哲趣。

二、後山海角的戀景記憶

在後山浸潤十餘載的周老師，東臺灣無疑是他激發創作的靈思之養分，「厭倦了嘈雜」都市喧囂，周老師從都會臺北，南下至臺東，感物而鳴、邊地發聲，「詩了就會開出寂寞的步道／在悠閒的午後租給濤聲」（〈臺東的濕人〉），以「濕／詩」軟化了在情緒上的乾澀緊繃，在臺東午後的浪情濤聲潤澤之下，柔情的靈感，濕化成詩話，此時詩人／濕人於邊地的海岸，也不甚如此枯竭寂寞了。他在〈相遇東海岸〉「運行東南／行東南／東南」減字褪句，將「東南：臺東」烘托成為福爾摩沙記憶的起點與終點，然而才華洋溢卻困蹇斯地的周老師，似乎在詩作裏，埋藏了五味雜陳的跌宕心緒，「回望這岸／心像波濤在空降／我沒有／沒有／有」詩人再三沈鬱吞吐囁嚅，終於坦言心痛的反覆創傷。即便是頓挫的百般浮沈，「解構不了愛的／都留到臺東玩一場語言遊戲」（〈愛〉），他無法用邏輯安頓的愛恨情愁，位居在臺東的山海歲月可以慢慢消化成詩篇，透過戲擬的語言遊戲，感時榮辱的心境獲得赦免，「我也有過該被放逐的身分／現在線的這一端還是那一端牽著靈魂／奔跑出一道彩虹／歲月才得到了赦免令」（〈觀光客〉），詩人不再徘徊半路、流浪觀光，臺東收納了主體的辛甜記憶，周慶華成為完全的臺東人。

在邊地以無聲之聲，吶喊出不落中心詮解的逍遙自在，周老師回顧臺東的歷史，訴說這裏的考古、種族、政治：

用無聲寫歷史

南風鼓盪著海水
強迫它記起舢舨曾經有過的冒險
六個族羣揮了揮手
故事都爭先回到生長的地方安睡

考古人來挖到骸骨後就走了
墓葬羣裏的舞踊自己跑去尋找典藏
永遠不再參與集結

那邊有一個遺址
這邊新加入一撮移民
統統繳清了政治的激情
舞臺不會纏綿

後山理應是個充滿遠古遺址（卑南遺址、八仙洞遺址……等）、原住民文化（六族）的區域，但對西部人來說，臺東淨土的意義，被周老師揪出了悲劇結構，「被開發、被安置、也被背棄」，呼出了無聲抗議。即便擁有豐富的遺址與文化，可是考古學者遠遠帶走，博物館永遠無法再現歷史的斷垣殘壁；由原住民傳說故事所表徵的靈魂內涵，永遠無法被漢人真正透視，全都躲回部落沈睡了；新住民因交換婚姻嫁來臺東，但當我們消費完感人的外籍新娘故事，然其真正心聲有誰能知、生活貧苦有誰能助（「過往的行人只能分享疲憊失禁的夢／那一天嗅著漂浮的微粒會想不起冷漠的故事裏有誰的身影」（〈新移民的天堂〉））。我們都需要被動的物質（海水、典藏、甚至選舉）來喚起族羣的記憶，喚起中央對於臺東的重視，但是拋卻了曩昔歷史記憶，褪去了為選戰而宣導臺東的政治激情，後山的舞臺便不再吸引西部的眷戀，淪落成化外之境。詩人思嘆後山被犧牲的權力位階，從臺東一隅的警覺聲裏，嗚嗚出他對福爾摩沙島國權力的社會控訴。

三、恃寵爭鬪的權力風雲

周慶華嘲諷的社會批判，赤裸裸地攤開在「數當今風雲」篇章裏頭：「定點串聯放送／紅衫軍在為他們書寫屁的歷史／只有一名清道夫回應／／所有反對者都不是好東西／我有豁免權你沒有／他們必須再一次確認這項真理／／又可以出國散心了／記者你聽話就給跟團／在那裏抱起一個小孩就多一分魅力／記得提醒我微笑攝影機的鏡頭在看你」（〈政治秀〉）。在這場競比謊言、賽以造作的權力秀場裏，上位者以不容置疑的豁免權，阻卻所有醜陋的真實，豢養一批馴服的媒體記者，營造政治美好的親和力。在臺灣社會場域裏，不論是廟會信仰、國際救援、明星演藝，全都免不了沾染政治的經濟權力：「從錢開始淹腳目那一刻起／祭拜就要經過數鈔機清點誠意／然後再用秤子磅過身分顏色的重量……南亞大海嘯吞掉十萬人／一樣是遠水撲不著燒到他家屁股的火／我們能夠派出的傭兵裏沒有響亮的國號／演藝人員喊累了都去扮乩童／聽話有領照的統統得出動／鬮密室立神壇行走江湖／收一批徒弟再派去搶彩孤／／摸骨的會卜卦的／看前世今生的兼靈療／仁波切對活佛／每到總統就職典禮下一場雨謎底就會揭曉／誰也沒有辦法把臺灣搞好」（〈靈動〉）。臺灣變成殘破的宗教嘉年華，再怎麼感應靈動、再怎麼虔誠敬仰，都無法拯救磨難中的福爾摩沙。也因此，詩人為沒有國際名號卻力圖奮進的臺灣惆悵感嘆：「攤開地圖／世界哲學史缺席／諾貝爾文學獎再等一百年／音樂繪畫建築雕塑看老祖宗還傳了什麼／文化創意產業只剩娛樂觀光和代工／哦　美麗的福爾摩沙」（〈臺灣小品牌〉）。當臺灣的人文無法創意出在地特色，僅剩「娛樂觀光和代工」，「福爾摩沙如何可以美麗」這股著魔似的范仲淹儒者政治焦慮，在周老師的詩作中，揮之不去。「社會隱藏在詩政治裏面／審美沒說可以脫序」（〈我不是仙人掌〉），社會焦躁與政治詩情，引發周老師的心情與靈思，既辛辣又甜膩地在《新福爾摩沙組詩》展示著。

就算是純真的童年、清高的學術領域，仍舊充斥迷幻的微型權力記憶，周慶華老師在「童顏」、「教授羣像」篇章裏，反覆舉證了純情的背後，掩藏著困窘的壓榨。過去未長大的童年受到的監控，長大依舊沒有發聲的權力：「別想探頭／就算老了一樣沒有長大的權力／你施捨的語言已經發霉／過完這一生／醬剩的心還要纏擾」（〈你所禁止的事〉）。學術的倫理纏繞著嚴格的分際，詩人諷刺地指出，那些權力的受害者，掌權之後反倒成為加害者（「已經十年苦練了／禮數還在不及格的名單上／他們都遺忘自己也曾經孩童過／卻要從嚎啕中抽身」（〈長大後〉））。同樣在學術的殿堂，學者像是各種動物一般，擁有霸道的獸性「一身潔白／孤傲寫在臀部上／在混茫中覓食」（〈北極熊〉）、「排隊／我沒跳你們都不准跳／一二三跳」（〈企鵝〉）。也只有這縷遺落後山卻堅貞質疑的靈魂——周慶華能夠深具膽識，游走在權力結構之中，喧囂諷刺、唯獨清醒。

四、暖和狂想的羣聚心靈

在這滿目瘡痍卻也詭異華麗的福爾摩沙島國，我們靠著羣聚的文

新

福爾摩沙組詩

人意識相互取暖、彼此提醒、享受學思的極致樂趣。我來到臺東已經一年半了，從原初的陌生，到這會的溫熱，因語文教育研究所周慶華老師的發起，每隔週三靜夜都聚攏一塊組織讀書會，召喚我們幾位華語文學系老師學生一起，我尤其感激周老師對我的包容與鼓勵。歲月的流動，儘管研究討論的團隊更迭，唯有周老師持續不斷抖擻熱情，「我碰一碰生活都抖擻起來了／夥伴們換過一批／另外一批就會帶著新鮮面孔前來報效歷史」（〈只是玩一下〉）。他的文字是犀利的，思考是炙熱的，他是一位會把學生、把朋友都給劃入詩句、文字感懷的文人，是一個提攜後進拉拔後學的善心長者，是一枚敏捷惕勵研究的學術指標。也因此，縱使顛簸的福爾摩沙令人如坐針氈，卻也羣聚的悸動感懷、自由狂想，讓島國更美好更新穎，詩人故言：「那些不准我們裹腹的日子／被驅趕的罪名裏有貪婪兩個字／誰知道守護一串金黃到終老／還會是我們最初的悸動」（〈一羣麻雀失落了一片稻田〉）。

大家都說周老師腦袋結構很特殊，這無疑是對他深厚辯證的邏輯思維之盛讚美譽，除此之外，我倒覺得周老師個人魅力是在於他的自身，他總是把發燙的熱情，透過通宵達旦指導學生論文、毫不歇腳的學術敏思、斡旋絮絮叨叨的詩性筆桿，無怨無悔地持續喧騰。他擅長把世界的人情地景，都給籠絡吆喝進來，用最深層的柔情，撫慰成一篇篇精采的文本。不管是生命的永恆執著、或是期許的學術創作，周慶華都不斷以更迭出新的方式，讀取、參贊、創造福爾摩沙的跨界新景。臺灣在望，正因，詩人有情。

書於二〇〇九年一月，璀璨後山，臺東大學華語文學系

漫步後就會發現

電腦算命

智商已經在游走鍵盤中減重了
我從螢幕估算不出它未來蕭條的身影

美食

吃的地名環島一周
停在忘記燙金的日記簿上
他看到了飢餓復活

錢櫃了

娛樂鈔票
沒有罪狀可以頂替它一疊的重量
這裏缺少了的政治
補你金庫

港都

夜雨被悲意洗出了滲灰的天空
你的流浪有泥土的味道

一〇一大樓

打過褶的陽具
上面有微雕的雄風
洋人不來膜拜
我們自己把它寫進歷史

手機

整車的人都瘋了
都瘋了
瘋了

了

海

包著一條蕃薯
還煨不熟
心已經冷了

月亮

跳出井底看青蛙
嚇出一身森冷的寒光

地上還有半個不會膨脹的圓
正在痴痴的仰望

西部的海岸

風獅爺守著
不許望鄉
南竿北竿威嚇的季節
候鳥都飄零了蹤跡
最後退入地圖沉睡的
有失去的等待

都蘭山

最早一位祖靈封的
典當給海洋
東北季風要來作客
遠方兩座島嶼用飛魚和囚徒招待
她醒了
還得再爬高一點

邊地發聲

臺東的濕人

鼓勵自我窺見亙古野居的律則
發聲前
就厭倦了嘈雜
寫山寫水寫街道的冷清
然後遁逃變成一個噴霧的傳說

碑碣的歷史很短暫
詩了就會開出寂寞的步道
在悠閒的午後租給濤聲

迴盪

重新召喚一條回家的路
很辛苦
那裏來就往那裏去

不用裝備
這裏的冬天都會孵著生熱過境

夢

一匹馬
在森林的上方
奔跑
黑暗中有光
不敢墮落
星星

滿

天

鯉魚山下

遙望
隱沒在叢林裏的
另一半沒有爬完的背脊

月亮笑了

十二年的等待
得到兩片相印的思念
故事在這邊
醱酵

我虧欠的
風知道

相遇東海岸

運行東南

行東南
東南
被綠島撿去了便宜
剩下的給蘭嶼
她
不
能
一
起

逛
完
觀
音
洞
先走了

遺憾寫在開滿百合的崖壁
藍色的珊瑚
藏著前世灰濛的夢

回望這岸
心像波濤在空降
我沒有
沒有
有

用無聲寫歷史

南風鼓盪著海水
強迫它記起舢舨曾經有過的冒險
六個族羣揮了揮手

故事都爭先回到生長的地方安睡

考古人來挖到骸骨後就走了
墓葬羣裏的舞踊自己跑去尋找典藏
永遠不再參與集結

那邊有一個遺址
這邊新加入一撮移民
統統繳清了政治的激情
舞臺不會纏綿

愛

←— 動 心 ←— 悅 歡 ←— 好 喜 ←— 愛

指 意 ←— 符 意

指 意 ←— 符 意

指 意 ←— 符 意

←— 符 意

震悸 ← 驚怖恐懼 --------

意指
意符 ← 意指
↙ 意符 --------

解構不了愛的
都留到臺東玩一場語言遊戲
追蹤意符

就像捕捉情人飄忽的眼神
有點吃緊

看二二八自傳

一九四七
一九四七
一九四七
一九四七
一九四七
一九四七

一九四七
一九四七
一九四七
一九四七
一九四七

一九四七
一九四七
一九四七
一九四七

一九四七
一九四七
一九四七
一九四七
一九四七
一九四七

一九四七
一九四七
一九四七

一九四七
一九四七
一九四七
一九四七
一九四七
一九四七
一九四七

一九四七
一九四七

一九四七
一九四七
一九四七
一九四七
一九四七
一九四七
一九四七
一九四七

一九四七

一九四七
一九四七
一九四七
一九四七
一九四七
一九四七
一九四七
一九四七
一九四七

一九四七
一九四七
一九四七

觀光客

已經來過了
陽光不會邀請你第二次
天體貪婪的撫摸海風的鹹濕
觸感有背叛的遲鈍

新

福爾摩沙組詩

夢裏不給你蔚藍的長空

還沒來的
想像可以留白
你的網絡減去這一段
島就不必傾斜

我也有過該被放逐的身分
現在線的這一端還是那一端牽著靈魂
奔跑出一道彩虹

歲月才得到了赦免令
徘徊半路的人折價回去吧
這裏的雲不觀光

數當今風雲

經濟熱不熱

遙遠的世界經濟論壇傳來了消息
臺灣的成長競爭力名列世界第五蟬聯亞洲第一
那些只會唱衰寶島命運的傢伙可以閉嘴了

芬蘭美國瑞典丹麥望塵莫及
中國印度非洲卻可以把它們拋在腦後
我們已經是一個小而美的國家

新
福爾摩沙組詩

你我全年無休拚兒孫的幸福
沒有過勞死的人都跨海去享受第二春了
五％的失業率只好記在殘疾的賬簿上

從生物科技到工業產值
援外出口轉內銷
臺灣的卓越世界一半人口都看到了

資源浪費政客貪瀆厚顏說自己也是受害者
流失的錢反而足夠我們十幾年不用繳稅

還有許多人活不下去了仍然沒有辦法動肝火　因為
空氣中還在迴盪著今年政府舉債超過三兆八千七百億的讚美聲

政治秀

管他的
竄起的時候姿勢已經不太優雅
這會還能裝什麼紳士淑女
就粗一點給你看

新

福爾摩沙組詩

殺人搶劫麼

那是報表上說的
其實比起上一個政黨執政掩蓋的少很多

誰在喊民不聊生
我都還沒挨餓怎會鬧饑荒
不准再空口說白話

定點串聯放送
紅衫軍在為他們書寫屁的歷史

只有一名清道夫回應

所有反對者都不是好東西
我有豁免權你沒有
他們必須再一次確定這項真理

又可以出國散心了
記者你聽話就給跟團
在那裏抱起一個小孩就多一分魅力
記得提醒我微笑攝影機的鏡頭在看你

臺灣小品牌

阿瘦皮鞋
牛頭牌沙茶醬
綠油精
大同電鍋
小美冰淇淋
王子麵
乖乖
天仁茗茶

明星花露水

義美煎餅

達新牌雨衣

黑松汽水

耐斯洗髮精

西螺丸莊醬油

康師傅

美利達捷安特

證嚴建仔楊麗花張惠妹

新

福爾摩沙組詩

琉園法藍瓷琉璃工房夏姿服飾
水稻染色體序列解碼
蔬菜種子銀行
綠豆防禦素
基因轉植
蝴蝶蘭臺灣鯛螢光魚蓮霧芒果
臺灣文化創意加值概念展
國宴餐具天圓地方計畫
金門碉堡坑道藝術

臺北國際藝術博覽會
行動無線裝置藝術
電腦動畫世界
屏東萬丹稻草娃娃
微型樂園
亞洲藝術中心
臺北國際打擊樂節
衣Party
華山臺中創意文化園區
眷村開門

新
福爾摩沙組詩

花蓮臺南嘉義創意文化園區

攤開地圖
世界哲學史缺席
諾貝爾文學獎再等一百年
音樂繪畫建築雕塑看老祖宗還傳了什麼
文化創意產業只剩娛樂觀光和代工
哦　美麗的福爾摩沙

新移民的天堂

這邊還沒孵過蛋的金母雞剛剛敷上一層薄暈
那邊懸垂已久的成排鐘乳石依然無力禁止拋售
它們都發現了一條熟透的地瓜
藤葉正瀰漫出海
嚐個鮮可以勝似滿漢全席後的清粥小菜

遠在極地的金絲雀如果也能飛來
島國的曼波立刻就會變調
獨獨黃皮膚的佔到次級血統的便宜

新
福爾摩沙組詩

不然也有同文同種同癖好的關係在修補歷史的斷裂
只要這條地瓜能夠養活一個世代的貧乏

站在繁華的都市街頭片刻
沒有故鄉的黏濕
過往的行人只能分享疲憊失禁的夢
那一天嗅著漂浮的微粒會想不起冷漠的故事裏有誰的身影
澹澹的風吹向木棉樹又迴盪到新許的家

一聲幹活驚醒了多少沉睡的歲月

忘掉它才領悟有看不到的天日
不是路旁就是廚房
枕邊人已經傷悼過眼淚了
老邁的殘障的都有一缸無法表白的心事

偷偷畫一道迢遙的歸途
裏面沒有微笑
放進去的愛有一天記住了會讓它兌現
現在賣給金錢的尊嚴還能不能依恃
到被迫離開的時候就知道

靈動

從錢開始淹腳目那一刻起
祭拜就要經過數鈔機清點誠意
然後再用秤子磅過身分顏色的重量

強人政治結束了
藍綠分兩邊拼鬥
贏的上臺演戲
輸的窩在下面鼓譟喝倒采

天上的神佛隔空找商量
不管你吃定那一方
都不可以臨時抽腿說不幹了

山姆大叔砲轟巴格達活捉海珊
誰是上帝誰是撒旦
他們都沒心理會
那裏也有聯合壟斷沒你的事不准插手

新

福爾摩沙組詩

南亞大海嘯吞掉幾十萬人
一樣是遠水撲不著燒到他家屁股的火
我們能夠派出的傭兵裏沒有響亮的國號

演藝人員喊累了都去扮乩童
聽話有領照的統統得出動
闢密室立神壇行走江湖
收一批徒弟再派去搶彩孤

摸骨的會卜卦的

看前世今生的兼靈療
仁波切對活佛
每到總統就職典禮下一場雨謎底就會揭曉
誰也沒有辦法把臺灣搞好

海峽對岸用銀彈在招安
先去輸誠的人連美女佳釀一起消費
選邊站的神佛重新坐下來密商要不要前往開分店
慢了就沒機會教那邊的土霸鬧分裂謀利

新 福爾摩沙組詩

鄰近的越南踴起來了
旁邊有黑道大哥紮營在守護
村裏的男人給飯吃就為你賣命
女人有需要也可以出超

考察一趟回來的神佛報告說
語言不通但脾性相合
這個地方要佔塊地盤也不難
問題是誰去

暗夜的哭聲

唐氏症
腦性痲痺症
白血病
發育不全
投錯胎的跑錯家的
給你一個不多也不少
長大後繼續跟你

新

福爾摩沙組詩

精神病房很冷清別待了
讓龍發堂看管
集體治療可以忘記養育的疼痛

看不見頂上陽光的微笑
也聽不到曠野花草的呼吸
他們不哭不鬧只會常常吃脾氣
天使躲去別處了
神佛也再次的商定要袖手旁觀
臺灣的夜裏有一半的母親獨自在啜泣

追星一族

吶喊可以減輕不能出席的恐懼
口袋裏有他們分類的名單
望久了能夠代替一次長長的擁抱

達賴喇嘛下榻的飯店外
一位老婦人搶到了他丟棄的面紙
高嚷著活佛我愛你
熱情立刻被帶回喜瑪拉雅山下安息

新

福爾摩沙組詩

好嘸好你講對嘸對
只要霸佔舞臺學會催眠聽眾的法術
就會有一羣粉絲延頸喁盼
相約跟你去南征北討

在鎂光燈閃爍的空檔
一張張哈了搖頭丸的浮腫的臉
總是最先躍入歷史的深河
變成一堆陳年的泡沫

世貿的漫畫展又要開幕了
日本AV女優就要來這裏站臺
快點離開書房
遲了你會找不到出門的路

長長的擁抱過後
備用的一份名單還在另一個口袋裏
恐懼時得藉它再喚起吶喊的勇氣

吃相

排隊只為了等待領一隻不會叫的貓
鏡頭裏有你來不及梳洗的容顏

那邊蛋塔已經烘熟了
再過去佔個位子然後就會有完全清閒的午後享受

政客吃名吃利

我們吃風尚吃品牌

韓星來了照吃
哈利波特吞得下也不放過
就是要顧好今天的胃口
明天也許無常

緝捕電子新貴

有膽就別躲起來
大廈公寓地下室所有陽光昏暗的地方
你們的隱遁都先給城市施了魔咒

新
福爾摩沙組詩

癱瘓過一家又一家的青春

在網絡聞不到氣味的盡處
開機關機就像永遠欠缺共享的密碼
藏著你們灰色的陰謀
正要從冰冷的螢幕裏掠奪一隻不再奔躍的豹

詩人和語言的激動相遇那天
桌面跳出彩染的歷史書寫機體的輝煌
然後赧懶的興感消失了

據說他都在忙著算計你們無法一次拆裝的程式

駭客這次得全體動員了

任務一人一張通緝令還有神聖的扣關符徵

自我逮到可以遞補電子新貴

你們不給符旨就甭想離開這個舞臺

到底是誰要抓誰或誰要被誰抓

亂掉的譜系已經沒有勇氣指認一個宿醉藏匿的兇犯

大師你噤聲

天王大哥名模都紅遍了
輪到你大師上場
姿態不用太多曼妙
他們很快就會忘記你

後現代虛無的意符
飄進了城市
在網路中滋長
逢人都會急問一聲

意指死了嗎

你守著話語的最末一個句號
慷慨卻不激昂　然後
從茫然四顧裏發現了自己蕭蕭的身影
街上沒有追星族

一座紀念碑矗立著一段斑駁的歷史
前來瞻仰的老人背對夕陽
遮住剛鐫上去的名字

新

福爾摩沙組詩

筆畫隱隱然有失聲的宣言
它知道憑弔自我不必孵餘的勇氣

又有獵捕手在吆喝了
你要參與調戲麼
離去的世代
不會再給通行的簽證

燈亮了

經濟熱不熱

有點焦

他們都在玩一種過時的
政治秀

臺灣小品牌
大不起來

相信這是給你的贖罪機會
新移民的天堂

新

福爾摩沙組詩

靈動了
儘管背地問鬼神
白天享過福的人都聽不見
暗夜的哭聲

追星一族
很疲憊很痛快
大家都來看猩猩的

吃相

緝捕電子新貴
不准停

回過頭來大喝
大師你噤聲

燈亮了
嗎

也是夢

陌生人給的糖
沒有蒺藜的味道

毒偷偷藏在你的嘴巴裏

不要喊出來
驚嚇到我的童年

新

福爾摩沙組詩

煽情已經過時了
惡夢才回家
想起一輩子的自由

就在這個時候萎頓泡湯

哭泣不能提早長大
有人會失眠

繼續纏綿

這無聊的日子陰慘的風
給我一顆陀螺

你所禁止的事

如果有這麼一次
你的批准像無嘩的水聲
來了卻不帶腥味
我一定會收藏起失禁的笑容
不許碰

新

福爾摩沙組詩

一個會說話的玩偶
在你的牽曳中開始鬆懈呼喊的動力
收回命令
他的怨恨就可以裝填一籮筐

取出書本貼在臉上
半幅褪色的圖畫夾著你的狂叫
給個沒有缺口的憐愛
你要的暴力從此放棄易容

別想探頭
就算老了一樣沒有長大的權利
你施捨的語言已經發霉
過完這一生
醬剩的心還要來纏擾

神秘寶盒

星星都知道
裝不完的願望可以帶回家
只要它停止哭泣

新 福爾摩沙組詩

卸妝後的臉孔很蕭條
看著這一邊的嫩綠
想起當初忘記的扉頁裏有佻脫的身影

畫張古一點的藏寶圖
躲進裏頭
有炎黃的滋味

最後不必出來謝幕

外面的世界包著相同的迴路

為誰哭泣了

只是多流了那麼點口水
一張噙不下淚珠的臉
就已經無法慈祥

會晃動的頭裏藏有前世的記憶
我是你是他也是
忘了註冊的一頭獸

鑽進來

自從森林和草原沒有我們的家
這裏失速的眠床正好取暖
傻笑一次可以滿足兩次的遲鈍
在不想做夢的時候

放了我們
輪迴就能得到自由

長大後

統統不許飲恨
唯一沒有成人加給的負擔
就看著老萊子
彩戲娛親裏有你要的痛苦的解藥

已經十年苦練了
禮數還在不及格的名單上
他們都遺忘自己也曾經孩童過
卻要從嚎啕中抽身

新
福爾摩沙組詩

仍是一個玩偶
註定的命運不能隨意變節
潺湲的溪流過後
同樣要你繼續琤琮

前面鋪好的路
布滿了太多先踩的足跡
雲和風都失聲
憐憫不能一次給你

他們的期望值超過半碗的時候
叛逆早就察覺了
添注的手不停
直到溢出來濕透兩顆心

現在臉上有光沒有光都揭曉了
橫躺的數字沒得更改
來生重演一次
補你

不許沒有志願

發下紙條
附送兩隻緊盯脅迫的眼睛
寫下你還沒準備要過的日子
一句一個驚嘆號
最後必須堆出一座山
才算過關

這是出生就註定要玩的遊戲

抓周把容易的藏起來
學走路不行跌倒
吃飯睡覺都提醒你長大穿梭時空的輪廓
直到哭聲膩了
一陣風吹過甜不到口的讚美

無數次的作文
題目都有同樣的彌封
揭開後很快就會跟自己的未來相遇
這回不論多麼衰頹

還是要編織一個夢想
把不能實現的一起勾勒懺悔

遙想你五十歲的樣子
行走有風或是站成一尊雕像
七十歲的熟度不准歸零
哀悼青春沒你的份
往前九十歲還在等著
破百了封箱

只是玩一下

放學的路上不可以逗留
有虎狼
我鬆一鬆禁令
虎狼就躲避去了
還撿到一顆火紅的太陽

讀書的時候停止偷窺顏色
分心會跋涉苦楚
我成天想著伊甸園內的故事

新
福爾摩沙組詩

忘記疼痛
連將來當小說家的題材都有了

彈珠紙牌吸煙賭金錢
不給通行證
我碰一碰生活都抖擻起來了
夥伴們換過一批
另外一批就會帶著新鮮面孔前來報效歷史

白天的世界歸大人管

做夢又太沉重
只好把剩下的夜晚玩長一點
你給的恐嚇很耳邊風
沒聽到它就呼的過去了

拴不住的風
穿過低嗄的教室和垂死的板櫈
童年給你裁成這樣
一段一場考試
我的心要飛

微世界

遊戲的觸鬚誕生以後
童年就不再玩大的
滑動鍵盤的手像一條蛇
沒多久就會鑽進螢幕
採取到一顆寶珠
泛黃的

文字不必用心去摩挲

1和0兩個位元很爭氣
你要哭要笑要皮鞭都給你
箭頭跑到那裏世界就跟到那裏
書寫從此愛上廉價的貴族
踐不起來

看看前後左右的傳言
秘密都在那個小盒子裏
不討誰想知道的溝通
切換一個畫面後還會有另一個毛片

新

福爾摩沙組詩

滲出點滴的油脂
蒙你

遨遊倦怠的城堡
連結你我慢速的感情
室內沒有恆溫來孵
一隻雞
華麗電子的
走出房門要新的勇氣

看我

一張被資訊分裂的臉
有你要的寒霜
時間在門外升溫

失去管束的日子裏
我們才驚奇自己有點來不及長大

成績單和獎狀都鐫了你們的名字
賞給天上的星星

新

福爾摩沙組詩

風想抽象一成的滿足

自從黑色幽默走了
我們的蹀躞就看不見巨人的腳印
回來豬事很新鮮

再佯狂一次
愛恨已經看好前排騰空的榮耀

沉默歸給沉默

睡醒了

記得洗臉

到屋頂放風箏

野地有狼出沒

公園被人扮的幽靈盤據

我們只能到屋頂放一次風箏

偷偷地

沒有星星的夜晚

新
福爾摩沙組詩

太陽很寂寞
早早就貪眠去了

我們還想到屋頂放一次風箏
延續白天給風追的感覺
那裏面有出體的味道

放大天空靠一條線和一隻禿鷹
黑暗會了解那心情
潺潺地

像溪流奔競後的興奮回聲

放掉風箏

把記憶留下屋頂我們帶走

零乘以零

蟬聲和零誰比較聒噪

再零一下

世界就會裝滿兩個夏天

滿樹蟬聲和你想要的

新

福爾摩沙組詩

蟬聲滿樹
就是零乘以零的結果
我們永遠不懂
懂了也沒有關係
暗號和火星文都一樣
好是不好
不好也是好
相乘以後彩色畫面就會成了黑白

誰出的詩題這麼纏繞

害我們要補兩行後設跟隨你

續夢

陀螺轉過了
惡夢還沒有得到自由

玩偶失去了長大的權利後
暴力開始擁抱腥味
在你查禁的每一個缺口

新

福爾摩沙組詩

我們的世界
有過期的迴路
會神秘哭泣

輪迴如果可以跑出一頭獸
你的家就會失速

看顧期望值
嚎啕還是要留給自己

一期半杯驚嘆
直到志願承諾不再封箱

今天不許我們貪玩太過沉重的童年
就像恐嚇風
不要撿拾剛剛疼痛的通行證

位元世界很蕭索
連結不到上帝
也沒有貴族

新

福爾摩沙組詩

諸事和豬事都很新鮮
佯狂洗臉會得到沉默的榮耀
別看愛恨

風箏你自己放
詩和我們要發號施令

教授羣像

變形蟲

相約好的
卜卦都要把它打入術數的冷宮
突然書頁掉出一張籤詩

酷

哲學像空氣
大鼻孔的猶太人呼吸免費

你要

三看先生

抬頭上面住著被批判的古人
俯瞰有先知無常的腳印
平視蒼白的臉孔裏藏著一張張過期的講義

騎牆派

已經決定要賣身了
靈魂歸他

我得到榮耀

沒有底牌可以掀

亮出來
學問有一碗公
是透明的

候鳥

歡迎光臨敝校
敝校歡迎你的光臨

新 福爾摩沙組詩

你光臨敝校歡迎

作官的

考試考到你不敢打馬虎眼
學校主管板櫈都坐遍了
外面還有腐朽的麼

八風吹不動

東坡一屁過江來的笑話很冷
學佛印只管打坐

他們會盯懶惰的不會開除無知的

叫獸

你們快去投稿參加徵文
得獎的卻是自己
批語還你一個會叫的野獸的諢號

你可以愚蠢

什麼叫判準我沒聽過
你杜撰新詞

今後休想上天堂

北極熊

一身潔白
孤傲寫在臀部上
在混茫中覓食

企鵝

排隊
我沒跳你們都不准跳

一二三跳

沒說到重點

我比你對你自己還了解
懂嗎
來給我說出重點

一種可以商量的競爭力

永不打烊

拿筆的
給拿鋤頭的一分禮敬
泥土裏有文字鮮濃的焦味
可以用來種植
當花開放的時候
滿園的薄霧
就會稀釋它殘餘的乾涸

然後波動
探進每一個家庭
吹拂隱匿的街
終於要歸還最近穹蒼的
一顆星

留氣

地脈鑿出的一條溝
沉沉地刻鏤著百家的姓氏
讓飄洋過海的靈魂

都繫上一個回憶
歷史在這裏有氣化的譜系
金字塔型結構的頂端不能出缺
誰逃逸了誰倒楣
底層流動的是你我美化過的劫數
升轉沒有門道
靠活著上場

綰結一個圓

羣居如果需要加速器

新
福爾摩沙組詩

風一定最先知道
別不相信
你早已在享受這亙古不變的法則
疏離的人都會重新回來懺悔
填補地球的破洞
就靠一招
辛苦了
我們有人多物多話多的家園
沒時間去外面狂飆污染

不動心

愛很容易過期
換一帖逍遙的藥
在孵不出金雞蛋的歲月裏
停止哭泣
受傷的窮困就可以得到保值
揚名跟人家上帝有關的
征服後的榮耀　都
會冷卻
回望整片天空的荒蕪

那裏有藍色的夢
許一個願
你的世界不要疊到我的世界

佛

否否否
不不不不不
否否
不不不
否

否否否

不不不不

不不

否否否否否

否否否否

不

不

神仙術

避穀

新
福爾摩沙組詩

一天的份量
脫掉美色
食氣
慢點仰天長嘯
你會頭暈
煉內丹
隔鄰有神奇的瑜伽
穿頰釘舌
身體埋進土裏
謝絕呼吸

從此飛不上崑崙山

太極

渾沌以後
陰陽給空間強佔了
還得傳授四季中的萬物
媾精就會增加嘆息的重量
回到子宮
三生二
二又接著生一

盤古女媧都退還神話
堅持紅樓夢
要落了片白茫茫大地真乾淨

坐禪坐

意念和屁股一起黏在地上
就准你過關
達摩東來只為了示範一個坐姿
千年的修練裏有正果
行住坐臥不必計較

看雲起的時節
幾隻羊兒要回家
灰黑的天空外有母親的呼喚
在遙遠的世紀
可以成就一棵枯樹

道

大同社會裏有一條規律
不是你的甭撿
好色好貨好樂好聲譽

新

福爾摩沙組詩

統括得分一半機會給別人
如果老莊要搶發言權
孔孟就靠邊站
遞茶水的小弟順便帶走麥克風
這裏沒有冷氣也無所謂音響
消了火後
再去清醒遠處高踞的神
祂創造世界嫌不過癮
還來引誘我們獻身

格幾個物

自從陽明格竹子害到熱病
天下的醫師就不許吊銷執照
他們要兼差看斑痕
跳出時空
良知隔了聽診器
有沙沙的聲音
分辨不清外來的民主夾雜多少人心的貪婪
科學耽誤過了地球還想侵蝕太陽
去商場看看自由貿易

新
福爾摩沙組詩

殖民者的招牌掛到溢滿店家
我們得返鄉再生一次熱病
然後追逐風

晚涼了

意象

龜遇到鱉後
輕聲地說
起風了

一截尾巴掉在沙堆裏
腳印很快就吃完它

隱喻的好處

眼睛不能
自己越線大過肚子

巧克力會嫉妒
失去了催情或壯陽
世界就不再黏膩

小象徵

玫瑰爬上牡丹的枝頭

要種一支刺
得到陽光懶懶的回應
退還去年的滴露
牡丹捐出今年僅剩的嬌豔

餓

的的的
的的的的的

的的的的
的的的
的的

拆解自由

一排宮燈

閒雜人等靠邊走
御道會跑出橡膠輪子
輾著死屍去告狀

又一排宮燈

樂透

無限上網

追緝令上綁著

粽子

找屈原

下棋

新 福爾摩沙組詩

我背你一生

串住了
雲和山的飛翔
朵朵鴿灰的神轎
隨風飄落
在夢中升起

崇高

冷峻從一陣涼颼後

聳然飆起千層滾動的浪
靈魂在尖端掠過
狂笑起那不會搜刮鹹腥的
風剛要落跑

美

不用裝飾一斤
粉末裏有
蹀躞

姿影可以曼妙點
歇息小賭

數魔幻

夢和肢體分離
頭去飛翔

轉生失敗後
膜拜一棵樹的重壓
回家等待

這邊借靠一下

美輪醜的半塊肩膀
統計數字裏有新鮮的謊話
門面給你裝潢

我清閒
沒有時間奴隸雕花的畫眉筆

賭注

煮字

噴火的女郎
就是誘惑不了高貴的貧窮
有需要的自助取用

療飢

假英雄

狗你跑前面
主人的車速正好超過溫柔

想起酒精的迷狂
幾度桌上就在飄雪
回來補你

動呀

毛毛蟲走進蝸牛的家
拜訪早了點
睡

乾等不必繳稅
去上房

一陣風吹過

五行
五五行
五五行行五五

行五
行行五

尋找新位置

偉大的母親

看過來
鏡頭在這裏不會扭曲
你喚兒回家的大海的迴聲
他伴著酒氣和賭性從眼前晃過
積蓄一夜間被痛苦的耙光
憤怒無法寫在臉上
只好再期待他快速的消失

新

福爾摩沙組詩

切換到另一處
不一樣的身影但有相同的不能分期付出的愛
鐵籠裏鎊著你和他咧嘴微弱的呻吟
命運註定要在兩條平行線上拔河
贏了成就你的英名
兒繼續失去重返子宮的自由

她們臉上的黥線從一條到四條
織布機下的你掉進另一個遺漏的鏡頭
五道針刺的痕跡驚惶的跳躍著炫目的色彩

那是身分地位和對族人的守貞
在曾經輝煌過的年代裏所許下的沉默約定
如今老邁卻像一條蛇鑽進兒戰死沙場鋪好的記憶

最後一個機會給你
泰雅延遲百年瘖啞的阿嬤
舉起勝利的手勢就會有獎賞
你的兒已經跟著祖靈尋找麋鹿去了
沒有人喝采
兩分鐘後還是可以欣然的闔眼告別

我不是仙人掌

明明是
你卻說不是
我一株剛剛娉婷過的仙人掌

紙條在反問
你是沙漠中的綠洲
他是帶刺的玫瑰

我不是或是
與你何干
那不過是一張書寫便條的綠色植物
大小主體象徵過了弔詭
深層心理學上場
我要給個語理分析
社會隱藏在詩政治裏面
審美沒說可以脫序

新

福爾摩沙組詩

它不是對我不還是仙人掌
每個星期二的午後都很哲學
瞌睡蟲爬到眼皮
沉默就被轟得老遠
存有感召了權力意志
文化理想偕美女去包辦一切
除非我不是

仙人掌
一個意外的結局
等你命名

鏈結

網網網
路路路路路路
網網
路
網網網網網

路路路
網路網網路網
路路
網網路路
路路網
一隻老鼠　在
網路
追一隻兔子
路路路
網網

吐出白色的箭
路網網路
網

一場辯論

新陰的午後
臺北的天空悶不出一道響雷
室內卻鹹辣了起來
康德的無上命令
對上鵝湖的道德形上學

新

福爾摩沙組詩

左右夾攻還來不及長大的零星幼苗

已經有殺手在磨刀
霍霍的獨自語落發出了寒光
讓搞中哲的人進屠宰場
還捨不得西學的人關入毒氣室
雜牌軍一律送去焚化爐
等天下太平後看誰比較黑心
汶川的地震颳起黑旋風

消失的靈都上了天堂
南亞大海嘯吞噬雙子星現身的魔鬼
補出九二一綿延的愴痛
哲學癱軟了忘記前去搶救
留給靈異學在黯然神傷

傍晚了時空透出一點論語孔嘆的餘沫

康德的實用人類學重新登臺爭鮮
沒人性的三大批判給神
我們可以擁抱他的後現代

在蕭條過後的心情裏
完成一篇題贈鹿鳴宴的落雨

環島狂想曲

畫一筆
圈出你要的新地瓜
火車在鐵軌上飛
電線桿爬進地底躲藏
天際飄流的山和凝結的海
都留下皴剩的微笑

給歪曲的高樓
鏡裏有黧黑
缺少修飾的白皙只在黑夜裏
放光
世紀初失序的蠕動
波及到候鳥
像人浮出地面一波波的遷徙
沒有掛念
在停不下來的時刻

一羣麻雀失落了一片稻田

那天割稻機軋礫軋礫地
刮走了我們一季最後的希望
在枯漫的稻稈堆裏
已經找不到可以終結歡樂的穀粒

除了我們孑然的身影
晃動光芒得厲害的彩繩和假人假老鷹
都不知道藏匿到那兒去了
它們鐵定不是被我們嚇跑的

遠處有小孩拋過來一顆球
兄弟們還給他驚飛翩舞的姿態
然後重新回來找尋失落的夢
它才剛剛隨著風聲沉澱的

那些不准我們裹腹的日子
被驅趕的罪名裏有貪婪兩個字
誰知道守護一串金黃到終老
還會是我們最初的悸動

望著割光美夢和焦慮的荒地
我們會用一片失落寫滿離去的心情
山和蟬噪及記憶中伴眠的嘓嘓聲
就留給你召喚那是餘額的溫暖

我就是那棵樹

這裏有一棵樹
說話的人吐著蜜汁般的聲音
甜了紙箱上正在茂長的它

空氣不必凝結

這裏有一棵樹
說話的人又指向已經彎醉的軀幹
給它無言的禮讚
沒有風吹過

這裏有一棵樹
說話的人不許你懷疑的眼神
偷偷地藏著限期的溫熱

新

福爾摩沙組詩

要它奔放的伸展

這裏有一棵樹
說話的人掀開底牌洩漏了驚喜
一張紙寫上它隱匿的秘密
白底藍字的

我就是那棵樹

後記 一切都跟詩有關

「你為什麼寫作？」

「想賺錢。」

「賺到了嗎？」

「沒有。」

「那幹嘛還寫？」

「因為還沒賺到，所以要繼續寫。」

這是一位初次見面的朋友，對於我所寫的許多東西頗感好奇，經由一問一答把我長期以來筆耕的「一點心聲」勾引了出來。

過去很受韓愈「文窮而後工」那句話的感召，寫著寫著也就不覺得窮困有什麼委屈了。現在已經小有心得，但還是無奈於生活的煎迫而依然身無長物；這時盧瑟福（原名未詳）所說的「我們沒有錢，所以必須思考」以及里爾克（R.M.Rilke）所說的「貧窮就是從體內放射出的美麗光芒」，也就聽來特別動容，彷彿持續寫下去以及自我轉高貴化，就是免被貧窮所困擾的不二法門了。

這說來頗為荒唐！儘管有可以賺錢的其他寫作的事業能夠嘗試，卻偏偏愛上寫詩一道。詩集在當今仍是票房毒藥，十之八九都得作者自己掏腰包印製，完竣後書局還不大願意擺，更別說經銷商肯眷顧你幫忙鋪書了；這樣還要擠出一股傻勁盼望別人來買個一兩本，豈不形同在侮辱貧窮這一原該高貴的品格？想想趙翼的「國家不幸詩家幸，吟到滄桑句便工」那一感慨，真不知背後誰在捉弄：為什麼一般人做不到的事，卻讓窮詩人來擔當？

借題發揮到這裏，其實也差不多可以了。畢竟詩人就是一羣已經或準備要窮得很有骨氣的「怪胎」，任何加諸他們身上的苦痛最後都可以用詩來昇華；以至再用太多的形容詞「對付」他們，都有可能把他們僅存的一點嚴肅性鬆弛掉。後者是我卯上業餘寫詩一事以來，一直想跳脫既有格局而「不時會調侃一下」的對象，雖然捨不得我可以如此反戲弄詩人的俏皮順意，但對於那些比我還自居詩人的人仍然得保留一點敬意，希望他們都可以從詩裏找到繆思忘了連帶給的東西。

那麼我自己又如何的尋隙在跟詩共構一個可能的「殊異場景」？這個追問遠比前面所提及我有沒有機會靠寫詩「改善生活」的考慮重要（反正現在顯然是沒有指望仰賴詩作賺錢了）。事實上，從我留意詩可以有什麼作用以來，就始終對韋爾斯特拉斯（K. Weierstrass）所說的「一個數學家除非稱得上是位詩人，否則不能算是真正的數學家」或白朗寧（R.Browning）所說的「我想結識一個作畫的屠夫、一個以寫詩為業的麵包師」或齊克果（S.Kierkegaard）所說的「我認為結婚以後，一個男人沒有變成幽默大師的話，他必定是個可悲的丈夫。就同樣意義來說，戀愛中人沒有變成詩人的話，他必定是個差勁的情人」這類世上最好都是詩人的渴望、甚至像艾德勒（M.Jadler）

等《如何閱讀一本書》裏所提及的「暴君並不怕嘮叨的作家宣揚自由的思想；他只駭怕一個醉酒的詩人說了一個笑話，吸引了全民的注意力」這種反譏諷的趣聞而深為著迷，經常渾然忘了「我為什麼還在寫詩」這件事。

慢慢地我發現詩的高度凝鍊精緻的表出方式，儼然是文學中的貴族。這個貴族固然因為「難以謀生」而得加上「貧窮」一個修飾詞，但大體上它已經自我摶造出一種雍容的氣度和無上的光華！而這一點，無妨藉西方一系的「共同」表現來看：詩，相對哲學或科學來說，它是一種非邏輯思維的體現；這種非邏輯思維透過隱喻、換喻、借喻和諷喻等手段來營造一個全新於現實世界的場景，而我們就生活在它的美感氛圍下開始有無盡生命力的勃發和躍動！好比賀奇生（R.Hodgson）的詩說的「理性有月亮相伴；月亮卻不屬於他。／投映在鏡面般的大海上，／困惑了天文學家，／啊，卻討好了我」那樣充滿奇情，且隨時都會有尤夫（P.J.Jouve）「詩就是一個靈魂為一種形式舉行的落成禮」的豪語加持而陶然忘我。

在這種情況下，詩就不僅是像柏拉圖（Plato）所說的「詩人是一種四體發光、脅生兩翼的神聖之物，除非受到啟示，否則詩人是寫不出詩來的……因為讓他吟出詩句的，不是藝術，而是神的力量」那一純為被動接受繆思憐愛的產物，它毋寧還可以經由詩人的聯想練習而鍛鑄偉貌。因此，只要有這種特殊識見和審美涵養，就會禁不住想在詩的國度裏粲然的悸動。好比斯卡迷達（A.Skármeta）《聶魯達的信差》書中所見那般不斷地「詩想」湧現：「『別傻啦！』她母親爆炸了。『現在你的微笑像蝴蝶，可是到了明天，你的乳房就會像兩隻唧唧咕咕的鴿子，乳頭是兩顆鮮嫩多汁的野莓，舌頭是眾神溫暖的地毯，臀部是迎風的船帆，而燃燒在你兩腿之間的，是烈焰炙熱的熔爐，倨傲勃起的傳種金屬，在其中得以鍛鑄淬煉。現在，晚安！』」、「馬利歐脫下她的迷你裙，當她陰部的芬芳竄入他貪婪的鼻腔時，他唯一的衝動，是以舌尖密密覆滿它。而正是這個時刻，碧翠絲發出了一聲鑲綴著喘息、啜泣、癲狂、吶喊、音樂與高熱的尖叫，全身緊緊顫抖，整整持續了好幾秒，才癱倒在木板地上。然後她伸出一隻沉默羞怯的手指，放在那雙帶給她如此歡愉的雙唇上，再將手指移到男孩襤褸的長褲上，丈量他胯下配件的厚度。接著以沙啞的聲音說：『你這個笨蛋，你讓我達到高潮了。』」這不只是在騁敘事才能，也在「飆詩」。換句話說，只要有一顆不凋萎的詩心，隨時隨地都會迸出新詞麗句，直把這個世界從沈俗中激活出塵。

我已經可以稍微體驗到這種詩情所帶給人生活上的凌空波動上的改變以及不斷在「發想」中曲衍突進的樂趣。因此，所謂「當你和我都具有雙唇和聲音，／可用來歌唱和接吻，／誰還會去關心／那個無聊的傢伙發明了度量春天的工具」這一康明思（E.E.Cummings）屬詩的感觸和「詩就像一座愛的發電廠」、「（一個社會）沒有詩，就得死亡」等分別為亞何（J.Harjo）、葛蘭姆（原名未詳）等所關懷或期許的志業，也就成了我難以不鳴共與信的準則。

詩也許還無法脫離某些人非公允式的「野蠻」的指控範圍，但它的創新本事以及世界還是不得不需要它來充當「發電廠」且讓詩人繼續扮演按摩人們心靈的能手，那些自居理性／文明的批評者又豈能「與知一二」？於是「文學是讀書人的騙術，是專騙大學生的賭博紙牌遊戲：你所看到的都不是最後得到的東西」這一柯德威（Ian Caldwell）等《四的法則》小說裏的「反諷」，就跟現實中我們所看到的精神醫學要強暴繆思那樣的荒誕！這麼一來，如果沒有例外，我們就得為詩保留最大的存活空間，讓隱喻等技藝或本體力量永遠可以在詩裏「找到它的衝動」。

以上所舉證，盡在西方創造觀型文化特重敘事寫實而馳騁想像力一系，我觀摩有日自然也感受到了它的情思吐屬噴薄的「高度的自由」；但整體上我還是無法忘懷於自己所屬氣化觀型文化那一抒情寫實而強調內感外應傳統的蘊藉美，而有意無意的讓這一「張狂不得」的調性流露在字裏行間。這二者的距離，不只是「一收一放」，而且還「一納須彌一吐星宇」。不信且看李白的〈登仲宣樓餞別叔雲校書〉：「棄我去者，昨日之日不可留；亂我心者，今日之日多煩憂。長風萬里送秋雁，對此可以酣高樓」；再看康德（I.Kant）墓碑上的刻字：「在我頭上者，羣星的天空；在我心中者，道德的律則」。這相仿於兩大文化系統的內在精神，我不可能都有感而盡得出入穿梭「無礙之樂」；剩下來的就是看情況兩邊隨意悠遊一番，有心得就「寄之筆端」。

好比中國傳統詩人所經歷的「吟安一個字，撚斷數莖鬚」、「兩句三年得，一吟兩淚流」和「忽有好詩生眼底，安排句法已難尋」等格律桎梏惱人的痛苦事，我寫自由詩已經「銜接」不上了。具體一點的，如方回〈跋尤冰寮詩〉說的「詩不過文章之一端，然必欲佳句膾炙人口，殆百不一二也。非有上下古今之博識，出入天地之奇思，則雖欲日煅月煉，以求其佳，不能矣」、葉矯然《龍性堂詩話續集》說的「王半山『京口瓜洲一水間，鍾山只隔數重山。春風又綠江南岸，明月何時照我還』，吳中士人家藏其草，初云『又到』，圈去注曰『不好』；改為『過』，復圈去改為『入』；旋改為『滿』，凡如是十餘字，始定為『綠』。黃山谷『歸燕略無三月事，高蟬正用一枝鳴』，初曰『抱』；又改曰『占』、曰『在』、曰『帶』、曰『要』；至『用』字始是。二字之改，雖未甚工，然見古人苦心如此」和歐陽修《六一詩話》說的「聖俞嘗語余曰：詩家雖率意，而造語亦難。若意新語工，得前人所未道者，斯為善也。必能狀難寫之景如在目前，含不盡之意見於言外，然後為至矣。賈島云『竹籠拾山果，瓦瓶擔石泉』、姚合云『馬隨山鹿放，雞逐野禽栖』等，是山邑荒僻、官況蕭條，不如『縣古槐根出，官清馬古高』為工也」等等，這些古人甚道艱難的苦況，雖然可以意會，但也無緣再去接續體驗了。因此，除了說在「兩邊隨意悠遊」，我也不知道還可以怎麼定位。

當然，緣起觀型文化這一系的解離寫實而傾向於逆緣起解脫的衷懷，我也無意片刻或忘。就像《菜根譚》所說的「兩個空拳握古今，握住了還當放手。一條竹杖擔風月，擔到時也要息肩」或《三國演義》開篇〈臨江仙〉一詞所說的「滾滾長江東逝水，浪花淘盡英雄。是非成敗轉頭空，青山依舊在，幾度夕陽紅。　白髮漁樵江渚上，慣看秋月春風。一壺濁酒喜相逢，古今多少事，都付笑談中」，這在我的某些戲謔調笑語中，會不經意的流露出「不拈著」的態度，大概就是接近這一系的表現了。但同樣的，採語體詩的形式不一定「包裝」得了這種「澹淡」的情思，稍一滑溜就又往多度空間飄逸了。

這本詩集，依然是我長期以來「計畫」性寫作模式下的產物。書名定為《新福爾摩沙組詩》，一看就知道它又有「意見」要說了。只是我會按照慣例，不對它多解釋什麼，以免患了「球員兼裁判」的毛病。縱是如此，在詩稿草成到付梓之間跟往常一樣還續有詩感「交纏」的部分，卻不得不藉這篇後記「綴它一綴」。換句話說，剛穿過前面那一路「辨詩」的榛莽，為的就是方便開啟「還有後續」的話題；而這在我來說，「珍貴」性不亞於內文那些詩作。

前年初秋，我掛名主持一個國科會人文學研究中心的「文學詮釋學」研讀會，在陳界華教授的張羅推動下，成員猛啃伽達瑪（H.G.Gadamer）的《真理與方法》和搭配其他的講說，論學氣氛異常熱絡。後半段有蔡瑞霖教授、謝繡如教授等人加入，並「連」著古綺玲教授主持的「認知人類學」研讀會在進行。一次由蔡教授導讀康德的《實用人類學》，席間我注意到古教授面前擺了一個光艷照人的橘子，看著看著不禁又動了詩興，當下就吟出「我迷惘的眼神／觸摸到你光滑的肌膚／一個圓形淡紅色的夢終於可以沈睡了／明天醒來／記得我在家飢渴的等你」這一首題為〈桌上那個橘子——讀康德有感〉。不意蔡教授說他也有詩作，隨即從電腦裏秀了出來。那是一首跟他這陣子極力在發展的「游牧單子」觀念有關的詩：「在四方飄浮，／不再棲息於／窗內外的單子們，／游牧在／無人國度」。忽然我發現他的詩跟我的詩可以相嵌成一個頗有後現代拼貼感的遊戲畫面，立刻就加以誦念分享：

桌上那個橘子

——讀康德有感

我迷惘的眼神
在四方飄浮
觸摸到你光滑的肌膚
不再棲息於
窗內外的單子們
一個圓形淡紅色的夢終於可以沈睡了
游牧在
無人國度
明天醒來
記得我在家飢渴的等你

康德的人性化的知識饗宴（有別於他的三大批判的神性化規模），碰到游牧單子，再遇上一首看來「比較完整」的諧趣詩，竟不知借用的臺大舊總圖研討室外的暮色已經四合深重了。會後，古教授在臺大校園內的鹿鳴宴餐館宴請大家。蔡教授和我感覺潔白的紙桌巾不利用太可惜，就提議倆人聯詩，他一句我一句；菜上到一半，一首由蔡教授定題的詩完成了，我們一起署名並贈送鹿鳴宴。幾名女服務生很快的帶來剪刀取了去，在櫃檯圍觀且念了又念。蔡教授問我是否要抄一份保存，我答以不如留著美好感覺「以後懷想」。這樣我們就翩然的離去，神情十分愉悅的「放」下一首後來再也想不起任何句子的〈落雨〉詩。

「文學詮釋學」研讀會於去年初結案，我們邀到一羣同好辦了一場微型研討會。輪到蔡瑞霖教授和謝繡如教授發表的那個場次，我已經疲累到不得不短暫打個盹才能再撐下去；但因他們二人講的東西特殊新穎，許多異質性的詞彙不斷在空中飄揚，我臨時捕捉到一些而寫成底下這首詩：

和棲息游牧

聲光柔軟的吹醒話語午後的睡眠
單子狂妄的存有游牧在城市的邊緣
遇到雪曼的裸體自拍
被鏡頭和頹廢偷窺了

皮質學會脫殼後開始濃稠起來
玩弄一個失去秩序的圖像
文本的外面沒有世界
只有遊魂海德格和班雅明準備逃逸

曼荼羅的圓輪穿透拱廊
撞見現代的東方騎樓
掀出都會基黏性裏帶皺褶的微笑
給你棲息

藝術拼貼色情是為了自瀆
說完故事我們就昇華擁有沉默的共業
戀眷歷史要快速
我捉到了一首無表情的詩

在乘機念給大家聽時，古綺玲教授和石美玲教授打趣說：「剛才我們注意到你有繆思來上身……」其實我是快累垮了，乍聞單子、皮質、曼荼羅、基黏性這些名堂，才振奮起來，東拼西湊出上面那首詩。接在我後面發言的孫中曾教授，似乎興致更高昂，立即承諾馬上也要為今天的論學「和」一首。果然沒多久，他就在電腦的鍵盤上敲出來了，並題為〈單子論〉：

單子論

孫中曾

一個起點
從萊布尼茲開始
單子　無窗戶　卻映照世界
假面與冷笑　流動在哲學家臉龐　無表情的皺褶
在你
在我
在他
逃竄　在都會的拱廊
有人說

海德格是黑森林的單子
班雅明則是遊蕩巴黎的單子
照面
揚起一陣喧嘩　文本與文本
從普羅旺斯來的女孩說　我在巴黎找到自己
無言的橋　無言的左岸
紐約東區　知識分子竊竊私語
哥倫比亞　一水之隔的普林斯頓
多元單子　討論窗戶存在的可能性
究竟是美學知識論或形上學
眾神
大叫一聲
靜默
至大無外

新
福爾摩沙組詩

至小無內
萬川印月
也是終點

當孫教授分享完他的詩作，研討會也到了尾聲。我倏地覺得古代文人的雅集「衍變」到今天又多了一點東西：吟詩作對的本業已經被學術論辯所取代，但畢竟我們的文學娛情還在，正好可以用它來催化美感，共譜一場不必加料的知識覓蹤的嘉年華會。

去年仲秋，楊秀宮教授主持的「《論》／《孟》的結構分析」研讀會，我也忝為一員。剛開始就被大家爭論中西哲「不夠長進」的議題激盪得莫名的亢奮：陳界華教授站在外文學界發言，說應該將鵝湖那些搞中哲的人送去屠宰場；接著我站在中文學界發言，建議把臺灣搞西哲的人也關進毒氣室；最後楊秀宮教授以學中哲的身分出來仲裁說：「搞中西哲的人都死光了，你們這些雜牌的也要統統掃入焚化爐。」好個《紅樓夢》式的「食盡鳥投林，落了片白茫茫大地真乾淨」！一場由林武佐教授搭配導讀的康德的道德形上學，結局竟然扯到對哲學界的諸多不滿，也真是「天大的意外」！當時緊接著還有「認知人類學」研讀會最後一次集會，我攏總的把上下午兩場研讀會的見聞及在林武佐教授導讀後的閒談（包括美國911事件、南亞大海嘯和中國四川地震等靈異學觀點的見解）寫成一首題為〈一場辯論〉的二十四行詩；因為已經將它依性質列入「尋找新位置」組詩中，所以這裏就不便再嵌入重提。

「《論》／《孟》的結構分析」研讀會進行到一半，黃筱慧教授主持的「時間與敘事」研讀會也上場了。由於大部分的場次都在同一天同個場地舉行，所以我們一羣常論學的朋友也就兩邊都全程參加。當時在場的有一半是陌生的面孔，但仍無妨於彼此研讀討論的融洽性；尤其是陳界華教授與眾不同的敘事結構觀和黃筱慧教授的呂格爾（B.Ricoeur）敘事方法論的拆解，我聽著聽著又有詩感了。趁著大家在議論一則《聖經》故事的空檔，我再拼貼了一首詩：

雅各的大腿被天使摸了一把

時間走到敘事的門檻
出現了切分和區分的對列
形式要抗議內容把及物性拉下來
行動序列重新卯上尊嚴
以色列被哲學諮商席捲去了
文化進來保障異教徒對歷史的發言權
雅各跌跤還是遭遇陷害
都無關你我的解讀裏面的劫難
巴特的結構包裹呂格爾錯過的事件
開始有凸槌的美感

一種方法論搭配高檔的歡會
從表象踅入本質
然後大家一起陶醉
上帝偽裝天使偷摸到人家大腿的那個橋段
回家後記得讓睡眠驚醒過來

這首詩除了引起與會者的會心微笑，此外不見有什麼「回響」。但到了第二次集會，情況就開始改觀。原來中餐時間，楊秀宮教授不知從那兒取來半摺的擦手紙發給大家，蔡瑞霖教授和我一看，這麼「別緻的紙」怎麼捨得使用。於是蔡教授就在那邊大發宏論，說光憑那張白紙也可以講一篇學問，並且還能從西方哲學扯到禪宗。大家笑鬧了一場，我驀地靈感迸發，忍不住就往那張紙上題起詩來：

無言

一張紙
你說是物質就不是精神
我希望它有精神長久也無妨
潔白可以除罪
等西哲脫卸外衣裸露出了世界觀
禪師就要閃到一邊涼快
逍遙國裏的人也必須終止詢問
它即將被圖繪
就像童顏不能沒有笑容
一行色彩一片線條
輪廓開始自我冠冕的旅程
不必遇到對決的循環

空白會自瀆

自瀆藝術、自瀆空白，也自瀆一個難以形容的時間停止運轉的午後。沒料到這會是最近幾次參與這類超異質性成員組合的研讀會真實的感受，有說不出的快悅和形上昇華！蔡教授看我已經詩成又要「發表」了，他也趕緊草了一首：

阿難　蔡瑞霖

兩行淚
佛陀荼毘以前已然除痕
在東西之間的皮膜內層
沒有雜染可妄執
盂魂不識荀林碑　森森羅羅

存有方顯一片光影來去
儒者彈俠客劍鞘掉落潭底
誰能尋回墨跡
仍舊禪機滯在言說之外
還公葉業主之後的敘事
迦葉瞄住女孩時
也是淚

他詩裏的濃思密契更甚於我，幾乎到了快要激發觀賞的人「齊聲阿難」的地步！我倆朗誦完畢，還分別將詩夾垂在前臺一對音箱上，而場面突然「熱鬧」了起來，因為不少人在中場休息時間圍住那裏指指點點還有說有笑。隨後趕到的孫中曾教授見狀，對我們說：「你們有〈無言〉和〈阿難〉，那我來寫一首〈空白〉好了。」他說寫就寫，不一會就抄妥比照著「貼」出去了：

空白

孫中曾

遺忘在乎前性的洗衣機與衣架間
記憶的南山
神經元與神經元的聯結
網絡中的回憶
泛起的是　一片空白
腦海與潮起潮落
泛起的數學方程式
0
0 1
然後……泛起
哲人已死

時代　草書一筆飛白
墨之韻味存在有無之間
哲思　存留於唾沫與簡冊或羊皮卷
墨之行者亞里斯多德的實踐　徒剩
空白文本

只是事情還沒完，楊教授興沖沖的又抓來一疊紙，暗示我們繼續寫「別停」！既然這樣，為了不辜負她的盛情，蔡教授和我又立刻「即景賦詩」以為答謝（當時孫教授已先離席，不然就會多一個飆詩人）。

視角之初

蔡瑞霖

相信呂格爾已經解構了時序
才知道洪荒裏

明日的前天　妳
遇上了昨日的　我
作者化身在時間誘惑中
匿名而黏稠的讀者
凝視綠魚姑娘的前世今生
憶起一機二機的滄桑遊戲
在視角與視角之初

這是蔡教授結合現場流動的議題而發的；詩中透過呂格爾的時間／敘事的視角，試圖還原一個「宇宙洪荒」。至於我的部分，則把幾個敘事學家「叫喚」出來戲謔一番，末了自己還不能生氣（別嫌他們的論述常像「有字天書」）：

還你遊戲

結構促動時序的終結
邏輯進來通吃兩邊乾癟的肌膚
衍繹不演繹從封閉的空間走出去
符號的價值只給你一個角色
普羅普還是看到了呂格爾會捉弄他
賭一把布雷蒙要退場
格雷瑪斯得噤聲
功能推進到故事的誕生
敘述者逮捕了搶白的機會
你想塑形麼
先跟多餘的時間搏感情
賭贏心理獲得治療

輸了回到原點

這一天，就像乘坐雲霄飛車在哲學／敘事／詩的國度裏翻騰，沒人叫停就停不下來。不知道在場人是如何看待我們這幾個狂徒「擾亂了一池春水」，我所感覺的是想要跟詩有關的人，無論多嚴肅的場面都可以讓他長出帶笑意的翅膀滑進蔚藍的天空。

相關這一段期間跟詩的遭遇就先記述到這裏。往後還有不少論學的機會，不一定不再重演類似的「激情」，但那已是我的「心情時間」以外了。現在應該「見好就收」，其他的就留給下個階段「另啟閒情」再去安置了。而我的「話鋒」，得轉到臺東另一羣曾「挾詩相處」的朋友身上。

經過前年暑假層疊豐饒的「詩的際遇」後（已展現於前一本詩集《剪出一段旅程》中），暑碩班的一羣朋友開始提論文的提論文，新加入研究團隊的也紛紛「各隨其主」，整體上再難有閒情「與詩頡頏」了。不過，我開在碩二的「語文教學方法研究」課和開在碩三的「詩歌研究」課，還是有不少詩的顫動和欣喜。因為跟碩二瑞蓉小有「出人意表」對白的交流和對他們班心境轉變上的一點感受，在一次課後我草了一首別樣興味的十六行詩：

酷暑的情味
——兼致瑞蓉

說要給點補償
從你的眼神讀出的澎湖的海風
有點鹹鹹黏黏的笑意

暴露詩的秘密就像不能拆解的玩偶
支離後興致要重新啟動抗爭

室外的烈焰繼續為假期加溫
天空還是蔚藍的
昨夜的夢裏有灰白的棉花糖來訪

趕路旅人會從銀色中醒來
數著星辰穿過月的圓缺
看到一張驚奇的臉

無法回頭
然後許身給自己保值

一首綠島小夜曲
引出半杯滄桑的醇醪
飲醉話你

八八節前數天，峰銘、惠敏、秀娟、麗珍、揚達、秀萍和桂楨，共同推派惠敏代表「硬」把我帶去好樂迪歡唱。一向唱歌五音不全兼荒腔走板的我，居然在那邊唱了幾首「老掉牙」的歌，還享受他們的獻藝和糕點。兩年來已經數度領教暑碩班朋友類似的熱情，我只有感動而無法逃避。當夜我為這次他們提前為我賀節的歡聚寫了一首閩南語詩（後半段有慧萍、培芳、瑞蓉來同樂）：

咱在好樂迪

阿敏講今晚的約會馬呼伊開花
一朵真正有笑容的歌就按呢飛了
鐵花路甲中華路的三角縫仔站著一間
消磨時間製造快樂的店
旋律是沾著酒香的古早味和現代秀

達仔開唱的少年氣有老伙仔的醇
加減青春就留呼銘仔
伊擱會曉起乩請小姐賞光吃點心
阿慧一首半老不老的歌已經迷佇你我
想要用擱卡古典的純情甲伊親熱
過來有阿萍和阿珍頻頻喚出咱童子的淒迷
𣍐通返去會遇到失落的驚嚇
微微的笑意是阿敏送的
這段故事大家要好好保守像秘密同款
屏東來的阿娟攏愛唱尚青的
只有阿楨少年一出場就卯家後賺人目屎
半途送來兩粒星
阿蓉的花影和阿芳的勁舞
個呼阮歡喜甲強要拚出去透氣兼戇神

最後一齣雞蛋糕的戲
將咱的緣分結來作尚甜蜜的約束
明年恁畢業阮請同所在唱歌
就按呢決定

兩天後，意爭、明玉、玉滿、靜文、佩佩、惠珠、璧玉、秀芳、子江和新加入天堂家族的麗娜、淑芬、湘屏等，也為我安排了節目。邀請卡是意爭仿哈維爾（V.Havel）風格寫的：「我們完全平靜地宣布／我們大家都不喜歡的老師老闆老大老爸老爺爺／因為三輩子太堅持逃走了／所以我們不會相約在陶花源慶祝父親節／更不可能在8月6日（星期三）晚上6:00準備詩來送給他／因為他一直都在恐嚇我們／搶走我們買單的權利／請大家像他一樣也／逃走吧」。這次他們有意爭、明玉、靜文、佩佩、麗娜、惠珠、璧玉等七人已完成論文，可以在暑期順利畢業；其他幾位還在趕寫中，彼此心情「不太一樣」，我也察覺到了，以至「雜感」填膺而寫不出詩來。8月8日那天我回臺北，參加研讀會去了，「詩」就在異地重新孵熟改向。

雖然如此，我跟他們班卻早已在「詩歌研究」課中與詩有約好幾回了。課程一開始，我以「擺詩攤」兼拉曬衣繩準備即興創作展出的方式，鼓舞出他們在忙論文外僅剩的一點雅興。除了他們搭配課程現場寫詩以外，我也接受「你出題，我寫詩」的挑戰。而為了製造一點「心理考驗」的高潮，還先讓他們回應我「以行計價，每行十元」的付費點子；不成的話，就換他們彼此出題限行寫詩。前者，只有意爭「冒險犯難」的來嘗試，但只投了五元。她在紙片上寫著：「我只有五塊錢，你自己看著辦！」我照樣提筆草給她了；不但不是只寫「半行」，還多附送四行：

我只有五塊錢

一行計程十元起跳
室內的陽光都給歡笑充當了
呼喚今天的故事你看著辦
我只有密閉的閒情
五塊錢可不可以換到一首清涼的詩

在寫作遊戲過程，無意中聽到金葉「晾詩」的呼聲，覺得真該為這個好詞寫首詩；於是湊了七行，並且把這段遊戲插曲也嵌了進去，而詩題就定為〈把詩晾出去〉：

把詩晾出去

意象跑進堂屋
找到他蹲在文字的角落

一個生產情感的貴族
貧窮的親切開始揚著眉
抖擻行間後世界認真醱酵了
詩從浴池中躍起
自己亮出去

稍後的「他們彼此出題，限行寫作」活動，因為不用花錢，所以就「迅速成行」；不到半個時辰，曬衣繩上已經懸掛了一長排詩作。

此外，我還帶了一小小盆仙人掌當道具，上面貼著一張有「我不是仙人掌」句子的紙條，請他們發揮一下想像力寫詩。那是意爭送我的，希望它可以助我「一掌之力」趕快把亂七八糟的研究室清掃整理完畢。但我不僅辜負了她的好意，還故作神秘的給盆栽加上那張紙條。由於我先前已在日間班的「語言哲學」課裏藉機開題，並於事後寫了一首同名的詩（也因為性質相近的關係而列入「尋找新位置」組詩中），所以就順便看看他們會「搞出什麼名堂」。果然有吸引力，他們分組集體創作且都各自「標新立異」起來：

我不是仙人掌　陳淑瑜／張金葉／曾詩恩／黃婷珊

多刺的外表
是遊戲人間的本錢
不需要太多的滋潤
還幫你吸收過期的電磁波
脫掉我的偽裝
自由想像

我不是仙人掌　李麗娜／陳湘屏／吳靜芳／林壁玉

我就是一棵仙人掌
不能不叫我仙人掌
是不用喝水也能活的仙人掌
仙人掌就是我
人家叫我仙人掌
掌心大小的仙人掌

我不是仙人掌

蔡秀芳／廖惠珠／劉佩佩／葉玉滿

你以為我是什麼
想換髮型嗎　試試刺蝟頭吧
要消除疲勞嗎　讓我幫你馬一節
或者
你需要一根狼牙棒來發洩一下

那麼
找我就對了

我不是仙人掌

陳意爭／許淑芬／林明玉／許靜文

逃離熾熱
舌尖的冰涼讓別人取代
卻進了另一個沙坑

寫過了「我不是仙人掌」，第二次課我帶去一個紙箱，邊講課邊暗示我身旁「有一棵樹」。他們有的像釋迦牟尼和迦葉的「拈花微笑」；有的則滿臉「狐疑以對」，不知道我又要變什麼花樣。連講三次後，我把箱蓋掀過來，露出一張事先寫好的「我就是那棵樹」藍色書面紙。謎底揭曉了，大家又得動腦筋給它「二度美化」，以詩跟「那棵樹」結緣。他們有的用該語句為題；有的別為命題，紛紛擺出「我可以控制你」的態勢：

我就是那棵樹　曾詩恩

把你的種子
埋起來
用詩施肥
讓歡笑灌溉
等待驚喜

佇立場中的樹　許淑芬

根蜷一圈

細讀貴族的窘境
枝張開手
撕下與貧民間的薄膜
擺出高雅身段是最後的刻意

我就是那棵樹

陳意爭

(一)

亞當和夏娃的幸福栽在誰手上呢
幾千年過去
換個紙箱在這裏作祟

(二)

空氣冷凝的次數在話題中沸騰

創作是即興創作即是興
不出題我也想買一首
管它晾不亮或亮了又晾
六十條赤裸的鱷魚再不動作
別怪我連夜打包出走

我就是那棵樹

吳靜芳

我是那棵在炎炎夏日裏吹著冷氣的枯樹
赤裸的枝幹等待長出新芽
願在周禪師的引領下
早日蛻變成枝繁葉茂的菩提樹

我就是那棵樹

葉玉滿

沒有綠色的外套
沒有駐足的訪客
得不到陽光的親吻
聽不到沙沙的樂章
擺不出撩人的姿態
我就是那棵出場太早的樹
方方正正地躺在那兒

樹蟬

林明玉

你們別再吵了
一羣三姑六婆
日出聒噪到月升

夏天
從聲嘶力竭的喧鬧中
逃走了

我就是那棵樹　林壁玉

別人見我屹立不搖
怎奈
心卻隨風飄蓬而去

我就是那棵樹　蔡秀芳

我就是那棵樹
等待過你的駐足

企盼過你的凝視
我就是那棵樹
詩人在我身上標記
賦詩策封我的永恆
我就是那棵樹
再加工成紙箱前
你認出我了嗎

我就是那棵樹

黃婷珊

大雨來把頭搖一搖
狂風起腰桿挺直
我就是那棵樹
過得很自在

來點詩句綴飾我身吧

我就是那棵樹

李麗娜

依舊
久違的彼此
驚見那熟悉的
紅顏鶴髮
不知
佇立在今世身軀裏的
是否前世的寶玉
幻化成樹的黛玉仍在幽怨

我就是那棵樹

陳湘屏

新 福爾摩沙組詩

莊孝維

張金葉

我就是那棵樹
深綠的身軀暫時懸在牆上
我就是那棵樹
純白的臉龐讓你揮灑
那四肢呢
已經化作一支支的衣夾
晾著墨跡未乾的想念
順便擋住後排窺伺的目光

你說我就是那棵樹
算了看在七十元的份上

我就是那棵樹　許靜文

事情不是我說了就算
也不是你說不是就不算
我不是莊子
你也別當惠施
倒是該想想是那個傢伙
把我移植到這兒
和十七張臉面面相覷

我就是那棵樹　陳淑瑜

門扉內

桌上
香茗美食熱情
任你擷取

我就是那棵樹

劉佩佩

莫名奇妙
自以為是的一棵樹
陽光泥土養分

我就是那棵樹

廖惠珠

看看我當你眼睛疲憊
看看我當你目光不知飄向何方

看看我當你苦無靈感
看看我當你對自己的樣貌不滿足
有了我眼睛不再乾澀目光不再迷惑
有了我成就感加分信心兩倍
沒了我少份作業多份遺憾
我是誰我就是那棵樹

至於我，當然也不會在這個時候「缺席」，同樣賦詩一首，跟他們寫的一道「亮出去」（這首也一併放進「尋找新位置」組詩內，讓它去共築一闋縹緲兼模糊實感的樂章）。這樣「那棵樹」退場，我們為它寫的詩留在曬衣繩上，也留在我們每個人心中那方洋溢著陽光的密室裏。

在「詩歌研究」課中，大夥討論扮演、吟詩歌唱、看影片想經典，從前現代「走」過現代再「到」後現代和網路時代，也不意累積了不少作品，該是可以合印一本詩集的時候了。《東海岸的胡詩亂想》就在眾力和合意爭設計封面下「素樸」的印製完成，各人帶一本回去「留作紀念」。首頁有〈我們在詩的國度裏蹁躚（代序）〉的聯詩，整個暑期跟詩拍拖的經歷全都躍然紙上：

我們在詩的國度裏蹁躚（代序）／聯詩

不等你了繆思
融化在棒棒糖裏
甜膩如蜜的思緒爬滿了螞蟻
幻化成詩的語言
連風都不想聽
只有雲在偷看好戲
似影

魅的黑的遲的無的重的醒的狂的活的掙脫
纏綣在心中的卻是無解
如夢的哭泣
也好了
重新開始換你
編一支舞
像記憶在找尋失去的蝶
貴族的堅持不曾放棄
高華後的貧窮

最後一堂課，我們相約去琵琶湖尋詩，還在觀景亭內唱了不少老歌；意爭用吉他伴奏，金葉和惠珠帶動唱，引得許多遊客駐足看熱鬧！中午在路西法餐廳請他們全班吃簡餐，並且將我送他們畢業的一首閩南語詩現場吟贈：

2008的戀曲

——給緣聚臺東二一載即將揚帆的朋友們

這個熱天有真濟趣味的代誌
時間生腳擱兼掛鏈
給咱追甲鼻袂喘
蟬隻從樹仔頂哼甲樹仔腳
一粒風颱嘛無來攪擾佇咱寫作爬天的心情
北部南部西部東部都有新鮮的故事
佇這搬演甲收入記憶
尚介鬧熱的還擱有澎湖來的風
吹呼咱胸前大開透心脾
念歌詩會駛牽出古早的時代

那準是不是有放𣍐掉的緣分還甲現在
咱攏不知也無法度檢查歷史
只愛這站的快活陪伫那兩欉苦楝樹
隨阮的懷念久長別沉落去
有一天恁兜返來呼這閃閃放光
就知影仔咱的感情真正是世界尚深的

這是緣於孟嫻曾提醒過我「太少用母語寫作」而發的。本來想以一句通行語一句閩南語互嵌的方式呈現，卻因難度高而作罷，僅留一個通行語詩題湊數。孟嫻和嘉璇這對澎湖姐妹花，我們結緣甚早，現今又在臺東相遇，她們雖然不是跟我寫論文，卻是聊天特別無拘束的。詩中「尚介鬧熱的還擱有澎湖來的風」、「吹呼咱胸前大開透心脾」兩句，就是專門在寫她們來這裏所給我「蕙風和暢」的感覺；我不會忘記她們時常勸我睡足吃飽才有力氣「照顧別人」的體貼事。

先通過論文口試的明玉和靜文，自動留下來陪其他伙伴到八月下句。趁比較空閒的當中幾天，我們三人一起去大同戲院看了一場《赤壁》，再騎單車遊逛郊區。她們像唐代的新科進士騎馬巡街「一日看盡長安花」那樣的興奮，我則跟著她們開心的飽覽許久未再造訪的海岸風光。她們返家前一天，靜文的男友如輝也來了，晚飯後一夥相偕去寒舍泡茶。如輝於前年有一次信件往返，見了面話題很快就接上了，一直聊到半夜才散去。明玉和靜文離開臺東時，都留了詩給我：

遇　　許靜文

茶香記憶了夜
夜永恆了東海岸的夏天
把別離留給風去說
只願再許一次

蟬聲滿樹的夏的約定

好了 又一首

林明玉

詩也寫了歌也唱了
酒也喝了電影也看了
連芒果冰也解饞了
海濤聲鼓動著心跳
把天邊的雲彩盡收眼底
湖畔尋詩的浪漫情懷
月光下散步回家的詩意
該說的都說了
不能欠的也還了
夠了夠了

這一切甜蜜的回憶
足以回味下酒了
精靈還是要回到人間
這神仙洞府就留給你看守了

下次

再提壺酒來加值風味佳肴
兌換
鯉魚山的巡禮
東海岸尋找驚喜
讓鐵馬踩遍
還有一場待續的電影
哦太貪心了

沒關係可以分期付款
來吧舉杯邀明月
敬你
為這真摯不能典當的情感
為這美好的逍遙時光
乾杯

讀著卡片上的字句，我要開始收藏兩年來的記憶；那裏面添增了另一種溫度的詩情，是我生平罕遇的，也是我不捨要透過紀錄才能再度活絡產值的源頭。

正因為有這種種因緣，所以要在這本《新福爾摩沙組詩》寫作「已完未完」的過程中將一切跟詩有關的經驗也納進來權當後記。而蔡瑞霖教授和黃筱慧教授在友朋論學中既然是跟我彼此「互動頻密」和最後「穿針引線」的人，那麼請他們寫序就再適合也不過了。另外，簡齊儒教授來臺東才一年多，我們卻已合作多次，還常承她幫忙口試碩士論文，請她寫序正好可以邀請她從邊地發出一點共鳴聲。而他們分別留駐我腦海裏的形影，也都披著詩光亮的羽衣和閃著星星晶瑩的眼睛。

還有我們所裏勤快能幹的助理莊祐華小姐，給我的感覺也像是一首甜甜的詩。有她公餘協助打字條理詩稿，讓我省去不少「善後」的心力。此外，跟秀威資訊科技公司的出版合作，始終是件愉快的事。發行人宋政坤先生、經理林世玲小姐、執行編輯詹靚秋小姐等，每次爽快的應允和高效率的編輯服務，無疑也是一首別處難覓的美詩。

感謝所有的有緣人，讓詩可以繼續飛翔。而我想詩在東海岸已經流連夠久了，也該換個環境透透新涼了。恰巧去年九月杪，國弟寄來一套「八〇年代・九份印象」明信片，要我幫他看看他撰寫的文案，並留兩張九份階梯街道的照片要我「補白」。那是我年少時熟悉的地方，不假思索就擬了兩首短詩交付：

（一）

爬一段階梯
回看人生
悲喜盡在屋宇花樹掩映中

（二）

追憶淘金夢後的蕭條
上去或下來
眼前的苔痕會見證
回家可以入詩

這是因為要嵌在明信片上，所以都未加題。詩成後，我突然想起前年出版的影像詩集《又見東北季風》旅人系列，理應要有續集了。在臺灣「心」飄來蕩去，有詩相隨，才無妨可以稍稍在一隅逗留。也許這是我這輩子的「家」，沒有處所，遷徙只是為了遷徙，且讓詩得以喘息後再出發。

周慶華　二〇〇九年初於臺東

國家圖書館出版品預行編目

新福爾摩沙組詩 / 周慶華著. -- 一版. -- 臺北市：秀威資訊科技, 2009. 03
面； 公分. --（語言文學類；PG0237）
（東大詩叢7）
BOD版
ISBN 978-986-221-197-7（平裝）

851.486 98004029

BOD Books on Demand 語言文學類 PG0237

東大詩叢 7：新福爾摩沙組詩

作　　者 / 周慶華
發 行 人 / 宋政坤
執行編輯 / 詹靚秋
圖文排版 / 鄭維心
封面設計 / 蕭玉蘋
數位轉譯 / 徐真玉　沈裕閔
圖書銷售 / 林怡君
法律顧問 / 毛國樑　律師
出版印製 / 秀威資訊科技股份有限公司
台北市內湖區瑞光路583巷25號1樓
電話：02-2657-9211　傳真：02-2657-9106
E-mail：service@showwe.com.tw
經 銷 商 / 紅螞蟻圖書有限公司
台北市內湖區舊宗路二段121巷28、32號4樓
電話：02-2795-3656　傳真：02-2795-4100
http://www.e-redant.com

2009 年 3 月　BOD 一版
定價：320 元

讀　者　回　函　卡

感謝您購買本書，為提升服務品質，煩請填寫以下問卷，收到您的寶貴意見後，我們會仔細收藏記錄並回贈紀念品，謝謝！

1.您購買的書名：________________________

2.您從何得知本書的消息？

☐網路書店　☐部落格　☐資料庫搜尋　☐書訊　☐電子報　☐書店

☐平面媒體　☐ 朋友推薦　☐網站推薦　☐其他__________

3.您對本書的評價：(請填代號　1.非常滿意 2.滿意 3.尚可 4.再改進)

封面設計____　版面編排____　內容____　文/譯筆____　價格____

4.讀完書後您覺得：

☐很有收獲　☐有收獲　☐收獲不多　☐沒收獲

5.您會推薦本書給朋友嗎？

☐會　☐不會，為什麼？________________________________

6.其他寶貴的意見：________________________________

____

____

____

讀者基本資料

姓名：____________________　年齡：______　性別：☐女 ☐男

聯絡電話：________________　E-mail：____________________

地址：____

學歷：☐高中(含)以下　☐高中　☐專科學校　☐大學

☐研究所(含)以上　☐其他______________

職業：☐製造業 ☐金融業 ☐資訊業 ☐軍警 ☐傳播業 ☐自由業

☐服務業 ☐公務員 ☐教職　☐學生 ☐其他__________

請	貼
郵	票

To：114

台北市內湖區瑞光路 583 巷 25 號 1 樓

秀威資訊科技股份有限公司　　　收

寄件人姓名：

寄件人地址：□□□

(請沿線對摺寄回,謝謝!)

秀威與 BOD

BOD（Books On Demand）是數位出版的大趨勢，秀威資訊率先運用 POD 數位印刷設備來生產書籍，並提供作者全程數位出版服務，致使書籍產銷零庫存，知識傳承不絕版，目前已開闢以下書系：

一、BOD 學術著作—專業論述的閱讀延伸
二、BOD 個人著作—分享生命的心路歷程
三、BOD 旅遊著作—個人深度旅遊文學創作
四、BOD 大陸學者—大陸專業學者學術出版
五、POD 獨家經銷—數位產製的代發行書籍

BOD 秀威網路書店：www.showwe.com.tw
政府出版品網路書店：www.*gov*books.com.tw

永不絕版的故事・自己寫・永不休止的音符・自己唱